【文庫クセジュ】

二十世紀の文学と音楽

オード・ロカテッリ著
大森晋輔訳

JN130052

白水社

Aude Locatelli, *Littérature et musique au XXᵉ siècle*
(Collection QUE SAIS-JE ? Nº 3611)
© Que sais-je ?/Humensis, Paris, 2001
This book is published in Japan by arrangement with Humensis, Paris,
through le Bureau des Copyrights Français, Tokyo.
Copyright in Japan by Hakusuisha

目次

はじめに —— 9

第一部　二十世紀における文学と音楽の関係
——歴史研究と比較詩学 —— 13

第一章　二十世紀初頭（一九〇〇―一九一八年） —— 16

印象主義と象徴主義
表現主義とウィーン楽派の作曲家たち
未来主義とキュビスム
「音楽主義《ミュジシスム》」について
「ダダ」運動

第二章　大戦間期 34
サティ、コクトー、六人組……、そしてジャズ
シュルレアリスム
社会主義リアリズム、および芸術と全体主義とのかかわり
音楽グループ「若きフランス」からシェフェールの音響実験まで
第三章　一九四五年以後の文学と音楽 46
戦後の音列技法――シェーンベルクとマン
実存主義とジャズ、シャンソンとのかかわり
音楽と「具体」詩
レトリスムから音響詩へ
ヌーヴォー・ロマンに耳を傾けて
「ハプニング」から音楽劇へ
ポスト・音列技法とその文学的モデル
偶然性の音楽とウリポ

第四章　二十世紀最後の数十年間 —— 66
ポストモダニスム
こんにちのテクストとポピュラー音楽

第二部　二十世紀における文学と音楽の関係
——ジャンル別の研究 —— 73

第一章　音楽についての著作 —— 76
理論的テクストにおけるジャンルの多様性
「執筆する」作曲家から作家としての作曲家へ
音楽に関する作家の発言
往復書簡

第二章　音響芸術の影響を受けた長編小説と中編小説――――87
二十世紀の音楽小説作品
「音楽的」タイトル
歴史小説
「音楽的自己形成を扱う長編小説」
「音楽的」長編小説の形式上の特色
「声の小説」
第三章　詩と音楽の諸関係――――115
音響芸術、声、歌の参照
言語の音楽的可能性の活用
言語の脱‐意味論化とエクリチュールの音声化の試み
詩の音楽性から音楽化された詩へ
音楽とテクストの結合――結束と対立
音楽と言語の類似性

第四章　演劇とオペラの領域　133
演劇における音楽的テーマ群から音楽の劇作法的な機能へ
オペラの詩学
二十世紀におけるオペラ演出から二十世紀のオペラまで
文学作品の翻案
オペラから音楽劇《テアトル・ミュジカル》へ――テクストのステータスの変化

結論　145

訳者あとがき　149
参考文献　27
原注　16
索引（人名・グループ名／文学作品／音楽作品）　1

はじめに

類似と相違、対立あるいは共謀……、本書は、二十世紀の音楽と文学のあいだに見られた主要な相互作用について、比較研究という視点で論じたものである。二十世紀は、「分裂した帝国」[1]とか、「分割された声の数々が相次いで起こす喧騒」[2]などと呼ばれることもあった時代である。音楽と文学双方からの(musico-littéraire)観点による現代性《モデルニテ》については、おそらくはその折衷的性格を理由として、啓蒙主義の世紀、[3]ロマン主義の時代、[4]あるいはリヒャルト・ヴァーグナー[5]の影響が濃厚な時期についての既存の研究ほどには、いまだ包括的な研究がなされていない。したがって、二十世紀の音楽について書かれたさまざまな著作[6]や、詩学という観点から諸芸術間を対話させようと試みた研究、[7]また近現代において音楽に想を得た文学についての知見を切り開く比較研究[8]にも依拠しながら、私たちはこの空隙を埋めようと思う。

本書ではとりわけ、テクストと音楽の関係が二十世紀において創造的な可能性を飛躍的に高めたことに注目する。この時代はどの程度まで、根本的に新しい数々の方向性を一つに束ねたといえるだろうか。この時代はどの程度まで、先行する探究をさらに深めたといえるだろうか。たとえば、二十世紀初頭に絶頂を迎えたフランス歌曲と、現代の声楽作品におけるさまざまな実験とのあいだにあるのは、断絶だけなのだろうか。それとも、そうした実験的な試みは、声や発声に対する関心――この関心は現代の詩の潮流の骨格を作っている――が高まっていく一方であるのを示しているということになるのだろうか。

おそらくは、音楽に捧げられたテクストの数々へアプローチすることで、文学の領域と音楽の領域が抱えている複雑な関係がよりはっきりと浮かび上がることだろう。実際、音楽の領域においては、二十世紀を通じて、エッセイ、時評、批評文、日記、往復書簡といった枠で、作曲家と作家の側からありとあらゆる考察が生まれている。そうした考察に加え、音楽の影響を受けた虚構《フィクション》作品の広大な領域がある。物語が音楽の構造をモデルとして要求するとき、音楽は批評に対して刺激的な読解の手がかりを提供するのである。とはいえ、根拠なく互いの類似点を接近させる誘惑に囚われないように、また構成上の類比という試みにはあくまで隠喩的な側面があることを見失わないように注意すべきである。

本書では、印象主義、表現主義、未来主義、ダダイスムなどといったさまざまな運動に言及しながら、二十世紀における音楽と文学のあいだの諸関係を〔第一部において〕まず歴史的に検討する。これらの運動は、そもそも多領域的性格をもっており、作曲家と作家の出会いの場でもあった。この第一のアプローチを採ることにより、詩学という観点からは、音楽と文学のかかわりのありかたの変遷や、たとえば「開かれた作品」という概念〔ウンベルト・エーコが同名の著作のなかで用いた概念〕のように、音楽における現代性と文学における現代性の関心の中心にあった特定の概念の数々について思考をめぐらすことができるだろう。次いで、〔第二部において〕ジャンル別の分類がなされるが、それは芸術創造にもともと備わる、分類を越えた形式へと向かっていく傾向を無視するためではなく、音楽に捧げられた著作、音響芸術《アール・ソノール》に影響を受けた文学的な虚構作品、音楽と詩のあいだの諸関係が織りなすさまざまな領域、そして最終的には演劇とオペラの領域に特徴的な問題群を詳述するためにこそなされるだろう。

第一部　二十世紀における文学と音楽の関係——歴史研究と比較詩学

二十世紀は、音楽、文学のいずれの領域においても数々の発展と革新の世紀であり、多岐にわたる実験の時代となっている。たとえば、二十世紀における音楽は、ポール・グリフィスによれば「絶えず堆積していく手段と目的の三角州《デルタ》」(1)の様相を呈している。音楽と文学の関係を歴史的に研究することにより、こうした背景における主要な運動、潮流、あるいは作家の側と作曲家の側からの同時並行的な関与や共同作業の機会であった芸術家集団にはどのようなものがあったのか、という問いが際立ってくる。

おそらくこうした観点は、もとは絵画の領域に属していたものが音楽や文学の領域に転用されることになった呼称の妥当性を問うことにつながる。何かを宣言する枠組みで――象徴主義のように――「〜主義」などといった呼称を名乗った潮流もあるが、実際はそれだけではなく、たとえば本来「印象主義」という用語が指していた絵画運動があったのちに、音楽や文学におけるいくつかの動向を表わすのに批評家が「印象主義」という用語を使用したことも挙げられる。

第一章　二十世紀初頭（一九〇〇―一九一八年）

印象主義と象徴主義

二十世紀初頭においては、前世紀最後の数十年間に発展を見た潮流である印象主義と象徴主義がいまだ優勢だった。ステファヌ・マラルメの牧歌にそのタイトルを借りた、クロード・ドビュッシーの管弦楽作品《牧神の午後への前奏曲》に続いて、劇作家モーリス・メーテルランクの台本に基づいて作曲されたオペラ《ペレアスとメリザンド》が、著名な象徴主義の作家と、「印象主義」というレッテルを貼られることのあった作曲家の出会いについての範例を示している。イゴール・ストラヴィンスキーやアルノルト・シェーンベルクに並び、二十世紀初頭において音楽言語を革新に導いた作曲家の一人とみなされているとはいうものの、セルジュ・ギューが強調するように、ドビュッシー自身は「十九世紀をいまだ深く引きずった先行世代」に属している。(1)

「印象主義」という用語は、一八六〇年代から七〇年代にかけて絵画の分野で画家（モネ、ピサロ、シスレーなど）を表わすのに使用されたが、その命名者は批評家であって画家ではなく、またそれを音楽に適用したのも作曲家ではなかった。そのように呼ばれたのはおもにドビュッシーだが、デオダ・ド・セヴラック、モーリス・ラヴェル、アルベール・ルーセル、ポール・デュカスといった作曲家も同様だった。このような転用は、数多くの論争を引き起こした。アンドレ・シュアレスはこう書く。「ドビュッシーに関してある奇妙な常套句を広めたのは物書きたちである。彼は音楽における印象主義者といわれ、風景画家のように誉めそやされる。ドビュッシーをクロード・モネと比較するには、音楽を抜きにした頭の働きを備えなければならない。音符を音とみなし、色彩を色彩が表現するものとみなす頭の働きを」(2)。しかしながら、ドビュッシー自身も苛立っていた、あまりに頻繁な隠喩の使用をシュアレスが告発しようとしているのだとしても、この判断からどんな結論を引き出せるというのだろうか。確かにドビュッシーは、たとえば《管弦楽のための三つの映像》について、「馬鹿者どもが印象主義と呼んでいるものとは［…］別のことをし」ようとしたとはっきり述べている(3)。

しかしドビュッシーの、ピアノのための《映像》のうちの一曲のタイトルである「水の反映」のように、印象主義絵画にあってもよさそうなタイトルの選択は、類似した二項を接近させようという誘惑を抱かせる。音楽上の印象主義とドビュッシーの音楽の実際の類似性は、ミシェル・フルリが示したように(4)、とりわけ管弦楽の色彩の扱いと、ドビュッシーの音楽の持つ逆説的に「静的な《スタティック》」側面にその根拠を持っている。そうした「静的な」側面は、和音への特徴的な偏愛を通して表われており、それはギューによれば、たとえば「時間芸術である音楽の本質そのものとの相容れなさ」にまで至っている。[5] ただし、美的な印象主義とは印象の「運動性」、つまり複数の光景がある一つの状態に相当することがあるという事実を明るみに出すものである限りにおいて、「静止状態《スタティスム》」という概念の使用には慎重さが要求されるだろう。この意味で、絵画とは異なる時間芸術である音楽は、そもそもその本質からして、移ろいやすさへと向かう印象主義の画家たちの探究と類似関係を持っていると判断される。したがって、フランソワ・サバティエに従えば、印象主義的絵画の「視覚的」効果とドビュッシーの音楽の「聴覚的」な手法を比較するよう促しているのは、「光の移ろいやすさという現象への共通した関心」なのである。[6]

音楽と同様に時間芸術である文学もまた、その変動のなかで、印象主義的な「潮流」に相当するものを経験したのだろうか。あるいは少なくとも同じ部類の創作上の動向があったのだろうか。「印象主義」という用語をさまざまな文学的な事象へと適用することが暗示しているのはそうしたことである。それはまさに「印象主義」という用語を、「印象主義」に反するさまざまな文学的事象へと適用することであり――ジュール・ルメートルやエミール・ファゲの分析を考慮すれば、そうした適用の対象となる文学的事象は創作から批評にまで及んでいる――、ギュスターヴ・ランソンによれば文学史が築かれるのは、そうした「印象主義」――直感に基づいた主観的態度であることを理解しておこう――に抗するような事象から発してのことである。文学においては、この語はとりわけ、一九〇〇年頃、ヘルマン・バールの周囲に集結した「若きウィーン（*Jung-Wien*）」のグループを名指すのに用いられたが、そうした若い作家たちは自然主義に激しく対立して、最も移ろいやすいもののなかに現実を捉える印象主義的芸術を主張した。したがって、ペーター・アルテンベルク、エドゥアルト・フォン・カイザーリング、アルトゥル・シュニッツラーのような作家たちを介してみれば、印象主義は二十世紀初頭のドイツ語圏文学を特徴づけるものであり、その影響はシュテファン・ゲオルゲ、ライナー・マリア・リルケ、フーゴ・フォン・ホフマンスタール、ロベルト・ムージル、トーマス・マンの若い頃のいくつかのテクストにも見て取れる。

さらに文学においては、逆説的な意味で流動的なある種の「静止状態」、すなわち状態が筋よりも重視され、印象が筋の展開に取って代わる文学が重要となる。こうした文学は、「静止状態」が光景にも時間にも存在しているという考えとともに、各瞬間を並置することで構築される。そうした特徴からすれば、先述の作家たちに、さまざまな変化を見せる心象風景の画家ともいえる著名な小説家たちを加えてもいいだろう。そもそも彼らは美術に多大な関心を払ったし、視覚的領域がきわめて重要な位置を占める作家たちである。たとえばマルセル・プルーストがそうで、その作品では「印象」という言葉が中心的に扱われ、またきわめて肯定的に捉えられている。あるいはヘンリー・ジェイムズにおいては、無限小のもの、見たところ微視的なものが、実際のところ最も重要なものとしてある。あるいはまた、ヴァージニア・ウルフの作品では、総体としてはつねに把握不可能なものに思われる登場人物の断片化がなされる。

文学とはあくまで「派生的」関係を保っていたにすぎなかった印象主義とは反対に、象徴主義は本来的には、シャルル・ボードレールの『悪の華』を範としてもっぱら〈文芸（les Lettres）〉にかかわりをもっている。一八八六年に『ル・フィガロ』紙に掲載されたジャン・モレアスの「宣言」において理論化されたこの潮流が二十世紀初頭の文学や諸芸術へ与えた影響は、さまざまな理由において音楽と文学のもつ諸関係についての考察を促している。はじめに、アンリ・ド・レニエ、アンドレ・ジッド、ピエール・ルイス、あるいはカテュール・マンデスはもちろん、ドビュッシーもまたしばしば顔を出していたローマ街での「火曜会」の折にマラルメの周囲に集まった芸術家たちのグループが存在する。次いで、音楽が象徴主義詩人たちの関心の中心を占めるようになる。ポール・ヴェルレーヌの「詩法」（「まず何よりも音楽を［…］」）においてまず重きを置かれるようになった音楽は、言葉の器楽編成の理論家ルネ・ギルがマラルメと対立を見せた自由詩の論争において介入を見せる。マラルメは、詩は音楽からその「富」を「奪還する」ことが望ましいと主張したが、これはあらゆる世代を通じてスローガンとなった。もっとも、ベルトラン・マルシャルが強調したように、「大部分の人びとにおいては、マラルメの見方とは裏腹に、手本として音楽を祭り上げ、したがってギルのように言葉で音楽を作り上げることしかできなかった」(7)のだが。最後に、当初エドゥアール・デュジャルダンの『ヴァーグナー評論』誌の周囲に集まった芸術家たちのグループであった象徴主義は、諸芸術の融合を目指し、総合芸術作品（*Gesamtkunstwerk*）へのヴァーグナーの野望を再びみずからの身に引き受けたという意味で、音楽と文学の諸関係に対する考察を促すことになる。

マラルメとドビュッシーの出会い、象徴主義の詩人たちが音楽に示した関心――マラルメの場合と同様、観念上のものだったにせよ――、ヴァーグナー以後の諸芸術の新たなる融合の探究といったことが示すのは、何よりも絵画を模範としていた文学上の自然主義とは反対に、象徴主義のほうは音楽を前面に打ち出していたことである。それにより、文学的象徴主義にならう形で「音楽的象徴主義」も発展をみせたということになるのだろうか。この転用が引き起こす問題は、文学上の象徴主義がまず何よりも、科学のように世界の客観的な目録を作ることができると想定していた自然主義文学の楽観主義への明確な反抗として現われているという事実にかかわっている。一方で、いわゆる「描写的」音楽という試みがありはしたものの、真の意味では「自然主義」に相当するものは音楽には存在しない。しかしながら、象徴主義の潮流の特徴である、描写を犠牲にしてでも暗示を偏愛する傾向から導かれるのは、音楽とはその本性からして象徴主義に参与するという考えである。たとえばドビュッシーは、メーテルランクの戯曲『ペレアスとメリザンド』の上演に立ち会って、作曲家としての彼の野望に合致する演劇的形式をついに見出したと語っている。「私はおそらく他の芸術以上に多く含まれている自由を音楽に求めていた。自然を多少なりとも正確に表現するということにとどまらない、〈自然〉と〈想像力〉のあいだの神秘的な照応関係を表現しうる音楽に(8)」。

暗示による芸術という点において際立っている音響芸術は、その象徴的機能のおかげで、象徴主義者の憧れに見合うだけの内在的な特徴を与えられているようだ。サバティエが書くように、音楽とは「本質的に象徴主義的なものとして現われる。というのも、音楽は客観的描写という点で大きな限界を持ってはいるが、あらゆる種類の状態、感覚、定義されない感情、あるいは抽象的概念を表現することにかけてはこれに並ぶものはない(9)」。それだからこそ、とくにヴァーグナーの音楽、次いでエルネスト・ショーソンとドビュッシーのそれを「象徴主義的」であるとした批評家もいたのである。ドビュッシーの音楽を表わすのに「印象主義」や「象徴主義」といった、互いに相反する用語を使用するのは矛盾しているように見えても、それは見かけ上のことでしかない。実際、ドビュッシーの音楽は、対照的なこの二つの美的態度の両方を示すものである。両者はいずれも、感覚的機能と象徴的機能のいずれかを重視しながらも、物事を半分しか語らないからである。たとえば、「若きウィーン」の作家たちや、二十世紀初頭におけるドイツ語圏の著名な詩人のうちホフマンスタールとリルケの二人も、その初期においては印象主義、象徴主義のいずれにも影響されているように思われる。

表現主義とウィーン楽派の作曲家たち

象徴主義の継承者としての表現主義は、二十世紀最初の数十年間における数々の重要な変化への道を切り開いたが、これはおもに一九〇五年から二〇年代初頭のドイツにおいて「ブリュッケ〔橋〕」やワシリー・カンディンスキーによって結成された「青騎士」といったグループの周囲で発展したものである。文学・芸術上の抵抗運動だった表現主義は、その多領域性から、またそこに参加したシェーンベルクやオスカー・ココシュカのような二重の使命を帯びた芸術家がいたことから、この時代に特定の美学上のねらいがさまざまな芸術領域において並行して示されたありかたへの考察を私たちに促している。

もともと絵画的な性格を帯びていた表現主義は、ジョルジュ・ブラック、アンドレ・ドラン、ラウル・デュフィ、パブロ・ピカソ、モーリス・ブラマンクなどといった芸術家のことを指した。彼らは自然主義と印象主義に対抗して、エドヴァルド・ムンクのような先駆者の作品にすでに表われていたような表現の強度、存在の活動力の激化、色彩的な激しさをとくに重視した。しかし、「表現主義」という用語の使用は、ただちにゴットフリート・ベンやゲオルク・トラークルのような詩人、アルフレート・デーブリーン、カール・アインシュタインのような作家、ゲオルク・カイザーやココシュカのような劇作家たちを評するために文学の領域へと拡大された。バールの定式によれば、彼らを近づけたのは芸術の役割を「外的世界の蓄音機」へと貶めようとする自然主義に対する共通の拒否反応によるものだった。[10] リオネル・リシャールが述べるように、表現主義文学の特徴は「作品制作が行なわれるその周りにある自我の激しい噴出」にあり、「衝動の出現、エロス〔生の欲動〕の根底にある暴力のほとばしり、妄執と幻想の動員、恍惚的な態度」にある。[11]

著名な「新ウィーン楽派」の作曲家――シェーンベルク、アルバン・ベルク、アントン・ヴェーベルン――のいくつかの作品を特徴づけるのに「表現主義」という用語が使われた事実は、[12]この発作的な美学が音楽の領域と対になっていたことを想起させる。しかしながら、あらゆる芸術〔『黄色い響き』〔＊1〕〕を統一させる総合的な作品を作りたいというカンディンスキーの欲求はあったものの、音楽には表現主義的なプログラムは存在しなかった。ジャン＝ミシェル・グリクソンが評するように、「シェーンベルクの《月に憑かれたピエロ》に関して、リヒャルト・シュトラウスの《エレクトラ》に関して、あるいはストラヴィンスキーのバレエ〔《火の鳥》、《ペトルーシュカ》、《春の祭典》〕に関して、表現主義的であると論じられることがあったのは、ある文学上の文体との偶発的関係のなかで、ある音楽的な書法の文体を特徴づけるにはあまりに漠然とした特性が〔表現主義という呼称に〕あるためである」[13]。厳密さへの配慮に満ちたこの批評家が考慮に値すると見るのは、際立って表現主義的なテクストを介在させている音楽作品のみである。だが、このようなケースはきわめて珍しく、《ヴォツェック》のためにこの〔表現主義〕運動の先駆者だったゲオルク・ビューヒナーのテクストを用いたベルクや、《月に憑かれたピエロ》のために、著名とは言えない作家のテクスト〔アルベール・ジロー、マリー・パッペンハイム〔後者はシェーンベルクのモノドラマ《期待》の台本作者〕〕を用いたシェーンベルクがいたぐらいである。そのあとでは、ココシュカのテクストに基づいて作曲されたパウル・ヒンデミットの《殺人者、女たちの望み》のみが例外的に存在する。

表現主義的と呼べる作品もいくつかあったとするならば、著名な表現主義の作家たちのテクストに依拠しているわけではないにせよ、シェーンベルクが、とりわけ《期待》や《月に憑かれたピエロ》のような作品を通して、率先して音楽的な表現方法を再び問い直したことで、表現主義的抵抗に見合う音楽作品を生み出したということは言える。みずからを革新者としては捉えておらず、またみずからの無調への介入を「すでに起こってしまったことに由来する不可避な結果」[14]と判断していたにしても、シェーンベルクは二十世紀の音楽史で起きた最も根本的な断絶の原点として存在しており、グリフィスが主張するようにそれが「唯一の方法」ではなかったにせよ[15]、音楽上の表現主義に適合するような一つの表現方法を生み出したのだ。「青騎士」の活動に実質的に参加していた彼は、音楽家、画家、理論家として、いくぶん離れたところからではあるが、「文学上の表現主義の人びとと最も継続的にコンタクトを取った人間」である[16]。

＊1　一九〇九年に制作されたカンディンスキーの舞台コンポジションを指す。

未来主義とキュビスム

フランスでは一九一〇年代以降に表現主義運動が流行したのとは対極に、未来主義のほうはある種の離反にさらされることになる。これはある部分では、作家のフィリッポ・トンマーゾ・マリネッティが一九二四年以降にムッソリーニの全体主義と妥協したことにも関係がある。表現主義が真の意味での理論的な綱要を持たなかったのに対して、おもにイタリアで、また同時期に並行してロシアで発展した未来主義の潮流は数々の宣言を生み出した。それらは忌むべき過去に対する美学上の、また政治上の激しい抵抗、運動や速さへの崇拝、技術・機械・工業生産物への称賛を前面に出したものである。マリネッティが署名し、一九〇九年に『ル・フィガロ』紙で発表された最初の宣言ののちに、一九一〇年に『ポエジーア』で発表された『未来主義画家宣言』、次にフランチェスコ・バリッラ・プラテッラにより一九一一年に発せられた『未来主義音楽家宣言』が続く。このように、他の芸術運動以上に未来主義は多領域にわたる運動という点で際立っている。

未来主義運動は、文学の領域――とりわけ、マリネッティによる擬音語の可能性の追求と、ヴェリミール・フレーブニコフとアレクセイ・クルチョーヌイフによる「ザーウミ」という精神を超越した言語による創作――でも音楽の領域でも並行する形で創意に満ちた発明を引き起こしている。二十世紀の音楽史に最も影響力を行使することになる実験はおそらくルイージ・ルッソロによるもので、その著『騒音芸術』（一九一三）では「純粋な音」を放棄して「騒音」の価値を称賛し、作曲にあたっては記譜法の新たなシステムを考案して、フクロウなどの鳴き声、唸り声、ぱちぱち音、かさかさ音、破裂音、ごぼごぼ音などを出すような新しい楽器を使う。これらの実験に想を得て、《パラード》でレミントン社製の四台のタイプライター、一本の「空き瓶電話」、二つのサイレン、一台のルーレット盤、拍子木、ピストルを使ったエリック・サティの他にも、ルッソロの周囲に集められた音響効果のおかげで、エドガー・ヴァレーズ、ピエール・シェフエール、あるいはジョン・ケージのような、のちの作曲家たちが向かう探究への道が開かれた。

挑戦的な改革への関心に基づいた未来主義の前衛芸術に備わる多領域性は、諸芸術を折衷させる動きを発展させるのにふさわしいものだった。それはカルロ・カッラのテクスト「音、騒音、香りの絵画」、あるいは「私たちはもはや絵画からささやきを感じることはない(17)」などといった未来主義の画家たちの主張が示すとおりであるが、こうした主張は、表現方法として何よりも平手打ちやパンチに特権的価値を与えた未来主義の夜会〔セラータと呼ばれたパフォーマンスを指す〕のいわば典型的なレトリックである。未来主義芸術は、このように象徴主義に備わっていた全体化への野心を引き継いでいるが、未来主義の場合はとりわけ現代世界における技術革新への魅惑と結びついていた。たとえばプラテッラの〔オペラ〕作品《飛行士ドゥロ》、あるいは「航空絵画」や「航空詩」の創始者であるマリネッティがあたためた

「視覚、聴覚、触覚を幾何学的形象に結びつけようとする」「航空－ラジオ－テレビ的な未来主義演劇[18]」への夢がそうである。

こうした運動性への信仰からも分かるように、未来派はおそらくはキュビスムのような潮流以上に音楽との親和性がある。もちろん、鉄道や飛行機を偏愛した未来派よりも、キュビスムの画家たちはガラス瓶、パイプ、あるいはギターなどといったオブジェを好んだ。とはいえ、ロシアでは両者は「立体未来派」という一つの運動へと結びつけられて、同時主義《シミュルタネイスム》〔＊2〕的なコラージュの実践を通して、似通った野心を持つことがあった。ただ、未来派の同時主義は動力学的《キネティック》な次元で特徴づけられるのであり、ピカソ、ブラック、フアン・グリス、アルベール・グレーズ、あるいはジャン・メッツァンジェのような画家たちがキュビスム時代に実践したようなモンタージュ的手法、つまり「不連続的で異なる遠近法を、多層的な面を持った全体的なイメージとして組み合わせる」手法とは異なっている[19]。キュビスムは、この絵画運動が音楽の領域に拡散したことを示そうとする批評家の側からのさまざまな考察を引き起こした。現代音楽やポストモダンの音楽創作によるモンタージュの手法に対して約束された輝かしい未来にもかかわらず、「音楽的キュビスム」という用語が明示的に用いられたことはなかったが、たとえばストラヴィンスキーやダリウス・ミヨーのような作曲家が使用した多調主義やポリリズムと、キュビスムの画家たちが遠近法を複数化しようとした意志のあいだには並行的な関係が築かれた。

文学の領域では、ギヨーム・アポリネールの「地帯」や、ピエール・ルヴェルディ、マックス・ジャコブ、ジャン・コクトーなどの詩が、モンタージュによる構成原理の産物である「多遠近法主義」を示すことでキュビスムに近づいてもいる。しかしながら、ポール・アデルマンが強調するように、『やさしい釦《ボタン》』〔＊3〕で「キュビスムのいくつかの静物画に相当するものを文学に与える」(20)ことを目指したガートルード・スタインを除いては、この運動を必要とした作家はほとんどいない。ドス・パソス、ジュール・ロマン、あるいはデーブリーンのような、大戦間期に同時性のエクリチュールをものした主要な作家たちの歩みは、キュビスムの画家たちの同時主義的な野心と比較してみたくなるにせよ、「多遠近法主義」を主要な基準として考慮に入れてしまうと、ジッド、プルースト、あるいはジェイムズ・ジョイスのような作家をキュビスムの美学に結びつけてしまうことにもなり、その不十分さを露呈する。音楽においてと同様、のちにキュビスムからの影響が明らかになるのはむしろ、「アラン・ロブ＝グリエの『迷路の中で』〔＊4〕やクロード・シモンの『フランドルへの道』〔＊5〕、また『三枚つづきの

＊2 時間と空間の相互連関的な変化相を、同一画面に同時に表現しようとした美術上の主義。二十世紀前半、フランスの画家ドローネーやイタリア未来派などが試みた。
＊3 金関寿夫訳、書肆山田、一九八四年。
＊4 平岡篤頼訳、講談社文芸文庫、一九九八年。
＊5 平岡篤頼訳、白水社、二〇〇四年。

絵』〔＊6〕といったいくつかのヌーヴォー・ロマンによく見られるような不連続のモンタージュ、複数の遠近法、コラージュや引用によって分断され、中断された断片的描写[21]」においてである。

「音楽主義《ミュジシスム》」について

第一次世界大戦以前の二十世紀を特徴づけるさまざまな芸術潮流がおもに絵画をその起源としていたという事実の背景には、音楽や文学を並行的に論じようとすると、そこで引き合いに出されたさまざまな芸術領域における専門家たちがしばしば警戒を示していたという事情がある。したがって、論争にさほど加わることの少なかった、ずっと限定された「潮流」についてわずかであれ言及しておきたくなるのは自然なことである。文学と音楽の合流地点として位置づけられた「音楽主義」は、「音楽的表現を備えた精神的芸術」として考えられたある詩想《ポエジー》を定義づけるために一九一〇年頃にジャン・ロワイエールによって考案された概念である。同調者に恵まれなかったこの潮流は、真の意味での運動というよりは、果敢にも一九三〇年代に至るまで「その創始者によって懸命に維持された」観念であった[22]。

「ダダ」運動

一九一六年二月にチューリヒで創設され、適当に「ダダ」と命名された運動は、過去を白紙に戻そうという意志や、またニヒリスティックなものではないにせよ、少なくとも〔不可知論、懐疑論などの〕否定論的な歩みによって特徴づけられる。「破壊的で、否定的な大仕事が遂行されるべきなのだ」とトリスタン・ツァラは一九一八年の「宣言」で主張する。(23) 一九二〇年に『文学《リテラチュール》』誌で発表された二十三の宣言の皮切りとなったこのテクストが理論化したのは――ダダイスムがおよそ規範というものをいっさい拒否したことからすると逆説的ではあるが――領域的、ジャンル的な限界を侵犯することで芸術的表現手段という障壁を過激に除去しようとする抵抗だった。

こうした挑発とスキャンダルを信条としたダダイストたちの特徴は、奇異に映るほど多領域にわたる活躍を見せたことである。そのなかでまず記憶に留まることになるのは、とりわけキャバレ・ヴォルテールで行なわれたさまざまな実験、たとえば「ドイツ語でユルゼンベック、英語でジャンコ、フラン

＊6 平岡篤頼訳、白水社、二〇〇三年。

ス語でツァラが朗読し、笛や大太鼓が鳴らされるなかで進められた『将軍は貸家を探す』に見られるような複数の朗読者による同時朗唱」だろう。そしてベルリンでは、「一九一八年五月にダダ・クラブによる企画で行なわれた「同時主義の詩、騒音音楽、キュビスムダンスの夕べ」」があった。[24]「ダダ」の嘲弄的な精神をよく表わすこうしたマニフェストに続いて、一九二〇年代にポール・ドゥロール——これはポール・エリュアールの別名だが〔ドゥロールはエリュアールの綴りを逆さにしたもの〕——による『馬鹿でかいオペラ』、ポール・デルメによる『調子外れの腹話術師』、あるいはツァラの『ガスで動く心臓』のような、ヴァーグナー的夢想である総合芸術をパロディ化した作品がある。[25]ダダイストたちの実験は、詩においては未来派の前衛が騒音や擬音を用いた探究の航跡のなかに含まれるが、それらもまた音楽と文学が交差する領域に属している。フーゴ・バルの音声詩、ラウル・ハウスマンの数々のテクスト、クルト・シュヴィッタースの『ウルソナタ』、別名「メルツ」といった作品が示すように、ツァラの表現で言う「口内で作られる思考[26]」では、音は意味よりも優位を占める。

音楽の領域では、ダダイストたちはサティを彼らの一員であるかのように認識していた。彼はコクトーの台本に基づく挑発的な《パラード》で、騒音を出すさまざまな道具をオーケストラに持ち込んだことでスキャンダルを起こしている。こうして、「ダダ」運動を「六人組」に結びつける紐帯が浮かび上がる。サティはこのグループのいわば精神的な父であり、またその一員であったジョルジュ・オーリックはツァラの「シャンソン・ダダ」を音楽にしている。「ダダイスム的音楽」という概念については、現代音楽において偶然という基礎的な素材を発見したことが輝かしい未来を約束されたことを考慮すれば、ジョルジュ・リブモン＝デセーニュが表現した「ダダ音楽製造機」、つまりとち狂った、しかし幻想を抱かせる機械はそうしたものを想像させる。それは「ブリキの小さな箱でできた一種のルーレットであり、そのなかにボール紙でできた円盤を備えた一本の心棒がはめ込まれていた。この円盤は等しい間隔で分割されており、その上に半音階による音符、つまり半音によって進行する音符が書かれていた。そこには操作が終わりであることを示す固定された印が付いている。それはつまり、コマのように円盤を回せばそれでよいということである――その合図の前で止まった音が良い音だ(27)」。

第二章　大戦間期

サティ、コクトー、六人組……、そしてジャズ

前衛ダダの発展と並んで、一九一七年からある音楽家たちのグループが作られた。一九二〇年に音楽評論家のアンリ・コレによって「六人組」と名づけられたこのグループは、誕生したときからその領域横断性の刻印が押されていた。このグループが形成されたのは、音楽と詩の夜会において若い芸術家たちを集めたブレーズ・サンドラールの後押しによるものだったが、ミヨーの証言によれば、これは「美学を共有する者同士の集まり」という以上にまず何よりも「友人同士の集まり」で、これといった取り決めがあったわけでもなかった。結局のところ、音楽という面を考慮すれば、六人の友情が重要であった。これにコクトーを加えれば七人、サティを考慮すれば八人となる。サティはその作品に珍妙なタイトルを付けた作曲家《逃げ出したくなるような歌》《梨の形をした三つの小品》《犬のためのぶよぶよとした前奏曲》で、六十代にして鋭敏な精神をもった若さを「六人組」に吹き込み、彼らにとっての「ひょう

きんな父親[1]」の役割を演じた。その詩集『平調曲』〔＊1〕において「オーリック、プーランク、ミヨー、タイユフェール、オネゲル／私は同じ花瓶の水に君たちという花束を入れた」といったようにこの「六人」の名前を――デュレは除いてあるが――十二音節で配置したコクトーは、一九一八年に一種のマニフェスト『雄鶏とアルルカン』を書いてこのグループの理論家となった。このなかで彼は新しい世代のスポークスマンの役目を果たしたのである。

「六人組」が作家たちと取りもった数多くの交流は、多少なりとも期待されていたような様相を呈している。当初「六人組」のコンサートの場として提供されていたユイガンス通りの画家のアトリエで、フランシス・プーランクがアポリネールの詩に作曲した《動物詩集》を歌わせたかと思えば、コクトーは、その後六人組が集まることになるバー「ル・ガヤ」で、ピアニストのジャン・ヴィエネールやサクソフォン奏者のヴァンス・ロウリーの演奏に打楽器を添えて、喝采のなかで目立っていた。当時、芸術家たちが集ったモンパルナスのさまざまな場所、たとえば「ドーム」や「クーポール」〔ともに現在まで続く有名なカフェ〕に加えて、ルイ・モワゼの〔居酒屋〕「屋根の上の牡牛」が六人組の主要拠点となる。「屋根の上の牡牛」は、彼らにとって、アポリネール、ジャコブ、ルヴェルディ、ジッド、レイモン・

＊1『ジャン・コクトー全集』第一巻、堀口大學訳、東京創元社、一九八四年。

ラディゲといった作家たちとの出逢いの場となった。この場所の名は、コクトーの台本に基づいて一九一八年にミヨーが作曲した〔同名の〕バレエの成功にちなんで付けられている。この作品は、たとえばジェルメーヌ・タイユフェール、オーリック、アルテュール・オネゲル、ミヨー、そしてプーランクの共作《エッフェル塔の花嫁花婿》や、サティの《本日休演》のような、コクトーとの一連のコラボレーションの端緒となった。

「クラシックな気分をもったジャズ・バレエ」[2]であるミヨーの《世界の創造》は、サンドラールの台本に基づいて作曲されたが、この作品は「狂乱の時代」における重要な音楽的発見を反映したもので、F・スコット・フィッツジェラルドの中編小説集『ジャズ・エイジの物語』（一九二二）や、マルセル・パニョルの『ジャズ』（一九二六）と題された戯曲にその文学上のこだまを響かせている。一九一八年にカジノ・ド・パリで「ジャズ・バンド」を見出したコクトーのみならず、当時フランスに新しく輸入されたこの音楽にはさまざまな作家が関心を示している。一九二〇年代に、アメリカの黒人音楽家たちの夜の中心地だったモンマルトルの「テンポ・クラブ」に足繁く出入りしたフィリップ・スーポー、「爆笑のように、いかがわしげだが魅惑的で、引きつってわめきたてるような鬼火の錯乱」[3]と述べて「ルヴュ・ネーグル」に熱狂したジョルジュ・バタイユのように。また、ロベール・デスノスはそれと同時期に「バル・ネーグル」を立ち上げ、次いでラジオ放送による批評活動を職業的に展開したが、スーポー同様、シュルレアリスムの「法王」〔アンドレ・ブルトン〕による音楽への呪詛にも果敢に立ち向かう。だがこのシュルレアリスムは、アポリネールの〔精神を引き継いだ〕雑誌『エスプリ・ヌーヴォー』によって提唱されたのであって、その目次にはブルトン、ツァラ、エリュアール、ルイ・アラゴン、あるいはジャコブのテクストの傍らに、ミヨーやサティの書いたものも見られるのだ。(4)

シュルレアリスム

第一次世界大戦の直後、ブルトンとスーポーによって行なわれたさまざまな速さでの記述の実験、次いで自動記述の実験とともに産声を上げたシュルレアリスムは、一九二四年に第一宣言を世に出すが、これはダダ運動に対する弔いの鐘であり、それへの否定的な異議申し立てとして、ブルトンによれば「シュルレアリスムの唯一の信仰箇条」(5)である欲望という法を対置した。シュルレアリストたちのアプローチは、このようにダダイストたちの爆発的反抗心に見え隠れする高圧的性格と手を切るものだったが、シュルレアリスムが音楽を排除したというわずかな違いを除けば、諸芸術をまたいだ探究であるという点において、それはダダの延長線上にあると考えられる。しかし逆説的にも、「シュルレアリスム」という語は、一九一七年にまずアポリネールが『ティレジアスの乳房』のサブタイトル「シュルレアリスム演劇」として使用したものであって、これは「シュルレアリスムオペラ」と批評されたプーランクの〔同名のオペラ〕作品が成立する前から、すでに音楽を含んだものだった。このアポリネールの戯曲がたった一度だけ上演された際、ジャコブは、演出家によると「音痴であるにもかかわらず大いに歌いたがって」合唱団長の役割を担っており、(6) プーランクの証言によると彼はその当時「音楽を許容した唯一のシュルレアリスト」(7) だったとのことだ。

ブルトンの音楽への徹底的な敵意は周知の事実であるが、それはとりわけ一九二四年のシュルレアリスム第一宣言にも二九年の第二宣言にも音楽についての言及がない、という事実に現われている。それに加えて、『シュルレアリスム革命』から『革命に奉仕するシュルレアリスム』に至る雑誌のタイトルに示されているように、この運動に備わる革命的な野心が、その政治的転回を拒絶した幾人かの作家を純粋に文学的な、したがって不法な活動をしたかどで排除するに至ったことも知られている。彼の意に反して音響芸術に関心を示した作家たちを、ブルトンが奇妙にも特権的な仕方で破門したようにも見えるなどと今さら指摘する必要があるだろうか。たとえば、のちにラジオ演劇の制作にあたって声を吹き込んだアントナン・アルトー、一九一七年以降、『ラグ・タイム』でジャズにまつわる最初の詩の一つを書いたスーポー、上述したように音楽批評を行なったデスノス、数々の著作でジャズやオペラへの関心を示したミシェル・レリス。数多くの詩がシャンソンに用いられることになるジャック・プレヴェールも忘れてはならないだろう！

ブルトンの音楽への無関心は、一九二八年に刊行された『シュルレアリスムと絵画』に示されているような、彼が示した絵画芸術への関心とは反比例的である。そのなかで彼は「あらゆる表現のなかでも最も深いところで混乱をもたらすような音楽的な表現には（拒絶された）価値を、造形的な表現」に見出している。(8) アレホ・カルペンティエールはこの徹底的拒絶を「音楽の世界を理解することに対するブルトンの絶対的な無能力」として説明している。それは彼によると「シュルレアリスムが造形的、また詩的領域に厳密に限られたままで［…］つねに音響という第三の次元の欠落に悩んでいるという事実」から生じている。「もしブルトンがもっと鋭敏な感覚をもっていたならば」とカルペンティエールは続ける。「ヴェーベルンのいくつかの管弦楽作品、シェーンベルクや同時代のウィーン楽派の作曲家の作品の数ページのなかに、シュルレアリスムという観点から考えることができる部分があるということを理解するのは彼にとって造作もないことだっただろう(9)」。

それと同様に、ルネ・レイボヴィッツが《期待》〔シェーンベルク作曲の一幕のオペラ〕に関して自動記述の手法について言及することでシェーンベルクの仕事をシュルレアリスムに近づけたという事実からは、シュルレアリスムは果たして音楽的な等価物をもちえたのだろうかという問いが引き出される。これに関し、サバティエは「シュルレアリスムと歴史的な照応を見た稀有な作品の一つ(10)」として、ボフスラフ・マルティヌーのオペラ《ジュリエッタあるいは夢への鍵》を引くが、「プーランクのなかに完全なシュルレアリスム的音楽が存在すること(11)」を認めることは拒絶している。たとえこの作曲家がシュルレアリスム界隈に最も近いところにいて、エリュアール、ジャコブ、デスノス、アラゴンなどの詩に作曲したのだとしても。

自動記述の原則は時に、音楽上の即興演奏と比較されてきた。だがこの比較は、ジャズのコーラス〔＊2〕が、コード進行を尊重し、その意味ではつねに解釈に属しているという事実を前にして足踏みする。即興されたとしても、それは単に自然発生によるものではなく、したがって理性的な練り上げそのものを排除しているわけではない。シュルレアリストたちが「客観的偶然」と呼んだものを賭けに投じた事実は、私たちにはむしろ、とりわけカールハインツ・シュトックハウゼンとピエール・ブーレーズが一九五〇年代に発展させた偶然性の音楽の概念と比較することが可能であるように思われる。この音楽は実際、恣意的な組み合わせを特権化し、全体をまとめる機能を偶然《アレア》に任せている。まるで偶然が、「シュルレアリスム的なオブジェ」へと構成された雑多な要素や、「優美な死骸」へと案配されたフレーズの断片を寄せ集めることを支配しているかのように。

社会主義リアリズム、および芸術と全体主義とのかかわり

シュルレアリスム運動と共産主義のつながりが示すのは、大戦間期の芸術が政治とのかかわりと切り離して論じることができないという事実である。このかかわりは——一方では一九三〇年代のスターリニ

ズムの強化、他方では三三年のヒトラーの権力獲得とともに――世界が全体主義体制へと向かうにつれて次第に葛藤を引き起こすようになる。芸術という領域も全体主義から逃れることはできなかったのだ。

スターリンによって、ソヴィエト連邦では「社会主義リアリズム」が打ち出された。一九三四年にハリコフでの会議で明文化されたこの指針は、現代絵画の抽象化を退廃的だとして排斥し、文学においては資本主義社会への敵意、未来への信頼、前向きな主人公の登場、ロシア革命に由来する社会への好意的まなざし、社会主義的道徳の尊重といった指針を基盤に据えている。リアリズムの指令は現代文学の最も重要な作家たちを、ブルジョワ的個人主義や退廃的悲観主義(プルースト、ジョイス、カフカ)だと糾弾して退けるに至り、十九世紀の大衆的で写実主義的な芸術を再評価する傾向があった。音楽は、その本質からして描写的でなく、〔意味〕内容を奪われているにもかかわらず、他の芸術と同じ理由で追放の憂き目に遭う。ドミートリイ・ショスタコーヴィチのオペラ《ムツェンスクのマクベス夫人》は酷評され、セルゲイ・プロコフィエフの《戦争と平和》は完全な形で上演されることはなかった。一九四八年に、共産党中央委員会は、ソヴィエトの音楽家たちに公の場での自己批判を迫るが、フルシチョフの時代になっても、共産主義国の若者たちは、新しい西洋音楽の象徴であるロックンロールを聴くことを

---

*2 あるテーマが演奏されるひとまとまりの部分。アドリブ・ソロはそれに乗る形で行なわれる。

禁じられることになる。

国際労働者同盟（インターナショナル）として形成された共産主義は、知識人のあいだで、またアラゴン、エリュアール、あるいはロマン・ロランのような作家たちが信奉することで数多くの同調者を得た。おそらく社会主義リアリズムは、音楽の領域においては、ショスタコーヴィチの作品をのぞいて、アラゴンの『現実世界』四部作ほどはっきりした形での創作を生み出さなかった。とはいえ、ショスタコーヴィチという作曲家が共産党と取りもったかかわりは複雑なものだった。『プラウダ』紙で痛罵され、プロレタリア音楽家同盟から告発された」ショスタコーヴィチは、サバティエが想起するように、「それでも十月革命（交響曲第二番）、メーデー（交響曲第三番）、一九〇五年（交響曲第十一番）、一九一七年（交響曲第十二番、レーニンの追憶に捧げられる）を言祝《ことほ》いだ[12]」。

反面、共産主義と、調性の法則を犠牲にして音の和声的同等性を説くセリーによる革命のあいだには一つの対比がなされた。しかしながら、「全面的な平等主義に基づくヒエラルキーの廃棄」と、「〔セリー主義という〕システムを強く押し出し、それに競合するもののすべて、とりわけブルジョワ的、さらにはファシスト的趣味にみずから進んで結びつく新古典主義を排除しようとする[13]」シェーンベルクの意志に根拠を持つ一致点は、セリー音楽がおそらく共産主義国においてはあまりに「抽象的」に過ぎたがゆえに、その普及に資することはなかった。ファシズムへのほのめかしは、全体主義がそもそも似たような追放措置を進めることがあったことを想起させる。実際のところ、ナチズムはシェーンベルクをはじめとして、数多くの迫害された芸術家たちの流出や、この政権に反発するトーマス・マンのような作家、また一九三三年以降、それに続いたクルト・ヴァイル、ベルトルト・ブレヒト、あるいはシュヴィッタースといった芸術家たちの亡命を招くこととなった。対照的に、ムッソリーニ政権とマリネッティのつながりは、ルッソロやプラテッラのような未来派の音楽家に対しては「これといった困難に遭遇することなく作品を生み出し、あらゆる宣言を書く余裕」を与えた。これは「絵画や文学の口を封じるのに用いられたのと同程度に徹底的だった規範に音響芸術が屈せざるを得なかった、ヒトラー政権下のドイツでは考えられなかった状況である(14)」。

音楽グループ「若きフランス」からシェフェールの音響実験まで

第二次世界大戦に先立つ何年かのあいだに、「若きフランス」(Jeune-France) という表現が再度見られるようになる。これはもともと、一八三〇年頃の若いロマン主義者のグループ、次いで一八七八年に立ち上げられた雑誌名を指すものだった。この名称のもとにロマン主義やエクトル・ベルリオーズを参照軸にした四人の作曲家――アンドレ・ジョリヴェ、オリヴィエ・メシアン、ジャン・イヴ・ダニエル゠ルシュール、そしてイヴ・ボードリエ――が集まった。彼らは新たな人間性を、すなわち彼らによれば抽象化の傾向により無味乾燥さに脅かされた音楽の精神的な復興をもたらすべく意気込んでいた。

こうした若い作曲家たちの共通の目的を見ると、一九三〇年代の文学傾向として想起される「唯心論《スピリチュアリスト》」の旗印のもとにしばしば分類されるジュリアン・グリーン、フランソワ・モーリヤック、ジョルジュ・ベルナノスのような作家たちは彼らに近いとされるかもしれない。しかし、こうした小説家たちと作曲家たちのそれぞれの作品に見られる形而上学的な関心は、こうした比較を正当化するにはそれぞれがあまりに特異である。とはいうものの、この音楽グループは、一九三六年六月の設立例会の際に、やはり「唯心論的」とされた――この形容詞は各人で異なる意味を帯びるにせよ――三人の作家であるポール・ヴァレリー、モーリヤック、ジョルジュ・デュアメルの後援を得ていたことを強調しておこう。

このグループの活動は戦時下に中断したものの、「若きフランス」という表現は、ヴィシー政権初期の一九四〇年にシェフェールの主導のもとで創設された文化集団を指すために再び使われることになる。この新たな「若きフランス」は、多領域性を打ち出したいという関心に貫かれていた。シェフェールの周囲にはそうした精神のもとで、ダニエル＝ルシュールやボードリエのような音楽家、クロード・ロワ、モーリス・ブランショ、ピエール・セゲルス、マックス＝ポル・フーシェのような作家、ジャック・コポーやジャン・ヴィラールのような演劇人も集まった[15]。次に、音響創作という分野の開拓に積極的に取り組んだシェフェールは、数多くの作家たちの協力を得る。そのなかには一九四二年に創設された「ステュディオ・デセー」の関係でエリュアール、アラゴン、アルベール・カミュ、レーモン・クノー、次に「クラブ・デセー」の関係でジッド、モーリヤック、さらにはポール・レオトーがいたし、その後一九六三年までジャン・タルデューが率いた「音響研究センター」では、文学の分野をとりわけフランシス・ポンジュ、クノー、セゲルスらが担当しており、ヌーヴォー・ロマンのさまざまな作家たちがそれに加わった。[16]

第三章　一九四五年以後の文学と音楽

戦後の音列技法——シェーンベルクとマン

ウィーン楽派の音楽は、第二次世界大戦後ダルムシュタットで開かれた夏季講習とフェスティヴァルで取り上げられるが、ここではシェーンベルクが創始した作曲体系を広めるのをその目的としていた。これは一オクターヴ内の十二音を均等に使用した音列《セリー》に基づくもの（*Zwölftonmusik*）で、このことから理論家レイボヴィッツにより「十二音技法」と名づけられた体系である。

シェーンベルクの音楽は、その同時代である一九四七年に刊行されたマンの『ファウスト博士』〔＊1〕という小説にそのエコーを響かせている。著者がアドリアン・レーヴァーキューンという架空の作曲家を十二音技法的書法体系の創始者としたこの作品は、こんにちではドイツ文学において「音楽的」小説の典型とされている。しかしながらこうした評価は、マンが一方ではセリエル音楽と狂気とのあいだに——このことはとりわけシェーンベルクの自尊心を傷つけた——、また他方では現代性とナチズムとのあいだに設けているように思われる、承服しがたい同一化に関してたびたび示されている疑問を踏まえてこの作品を判断した場合、両義的なものになる。これらの疑問に加えて、著者へとしばしば向けられる、過剰な取り込みに対する非難もある。それによれば、マンはあくまでシェーンベルクとテオドール・アドルノの著作を頼りにセリエル音楽のイロハを学びつつ、それらをあまりに軽々しくわがものにしているというのだ。

「十二音技法の音楽家たちは十二音節詩句《アレクサンドラン》で書く」。この言葉遊びは、ミシェル・ファノがその『現代音楽入門』で用いているものだが、「革命《レヴォリュシオン》」という用語に対してシェーンベルクが示したためらいを皮肉にもよく表わしている。彼は「発展《エヴォリュシオン》」と述べるほうをより好んだのだ。[1] しかしながら、『ファウスト博士』の刊行に続いてシェーンベルクがマンと起こした悶着が示すのは、このウィーン楽派の師匠が改革者としての、また発明者としてのみずからの地位にいかにこだわっていたのかということである。〔マンの〕『『ファウスト博士』日記』が証言しているように、シェーンベルクは、のちに作家に対し、十二音音楽の概念に関してはみずからに「知的所有権」があることを示す断り書きを作品の冒頭に置くように課したというのであるから。[2]

＊1 関泰祐・関楠生訳、岩波文庫（上・中・下）、一九七四年。

実存主義とジャズ、シャンソンとのかかわり

戦後の前衛音楽の歴史がとりわけダルムシュタットという街に結びついているのに対し、パリは、フランスではとくにジャン＝ポール・サルトルに代表される哲学的潮流の拡がりを象徴する街である。周知のように、実存主義は自身のミューズを擁していた。サルトルはジュリエット・グレコのために「ブラン・マントー通り」を書いたが、グレコは当時、ジョゼフ・コスマの音楽に乗せて、プレヴェール（「枯葉」）、デスノス（「蟻」）、クノー（「あなたがそのつもりでも」）が書いたシャンソンを歌っていた。(3)

実存主義者たちの祝祭的な集いの中心地であったサン＝ジェルマン＝デ＝プレの地下酒場、とりわけバー「タブー」には、サルトル、シモーヌ・ド・ボーヴォワール、カミュ、クノー、そしてもちろん、多才で知られる芸術家ボリス・ヴィアンが通い詰めた。作家、偶像破壊的なユーモア作家、超形而上学者〔＊2〕だったヴィアンは、ドロシー・ベイカーの『ヤングマン・ウィズ・ア・ホーン──あるジャズエイジの伝説』〔＊3〕の仏訳者でもあり、みずからコルネットとトロンボーンを演奏し、さらには作曲家と演奏者、音楽評論家（「音楽よ前進せよ」〔＊4〕、『ジャズ批評』〔＊5〕）、のちには台本作家（『雪の騎士』、『フィエスタ』、『アルネ・サクヌッセンム』など）といったように、さまざまな顔を持つ者でもあった。音楽と文学にまたがるその創造性の幅広さをもってすれば、彼は「クノーと協力して〔…〕ラシーヌ作

品の音楽化(4)」を企てることさえできていただろう!
「ジャズ草創期の古き良き時代」に発するヴィアンの音楽への関心は、この時代ではボーヴォワールが共有しており、彼女は『或る戦後』〔*6〕のいくつかの部分でヴィアンについて言及している。一九四七年に「ニックのバー、ニューヨーク・シティ」と題されたテクストを書いたサルトルも同様で、そこでジャズは、慰撫はせずとも魅了する音楽として提示されている。ジャズが訴えかけるのは「私たちのなかの最良で、最も冷淡な、最も自由な部分に対してであり、その部分が欲しているのはメランコリーでも決まりきった表現でもなく、あるひとつの瞬間の、耳をつんざくような輝きなのである(5)」。

*2 原語は pataphysicien で、「パタフィジック」とはアルフレッド・ジャリが形而上学を越えたところにあるものを研究するために生み出した造語。
*3 諸岡敏行訳、青土社、二〇〇一年。
*4『ぼくはくたばりたくない』伊東守男・村上香住子訳、『ボリス・ヴィアン全集』第九巻収録、早川書房、一九八一年。
*5 同。
*6 上・下巻、朝吹登美子訳、紀伊國屋書店、一九六五年。

音楽と「具体」詩

それと並行して、一九五〇年代という時代は、詩と同様に音楽においても、芸術上の素材の具体的次元を強調する、実験的探究の場でもあった。エンジニアと作曲家の両方の資格を兼ね備えたシェフェールは、ピエール・アンリとのコラボレーションにより具体音楽《ミュージック・コンクレート》の最初の作品である《一人の男のための交響曲》を作曲したが、この主題に関してさまざまな理論的著作を刊行し、のちの「音楽研究グループ」へと至る「具体音楽グループ」を結成した。

フェルッチョ・ブゾーニのような先駆者や、未来主義者ルッソロ、ヴァレーズの系譜に連なるこれらの研究の基本的な原則は、「セリー的な傾向による抽象的な手続きに反して、いっさいの音楽的な予断に反駁し、音響の具体的で経験的な把握を擁護する」ことであった。(6) 音楽的探究の領野を騒音にまで拡張する意志は、クラシック音楽の「洗練された」聴取に隠されている、音楽的音響における騒音の検討に端を発するものである。ピアノを打鍵したり、弓で一つの音符をアタックしたりすることは、そもそも騒音の範疇に属する。音響の「自然な」聴取を推奨するシェフェールは、聴取者であれば誰であれ与えられるものである「音楽的物体《オブジェ・ミュジカル》」というコンセプト、およびそれぞれに多様な個人的な聴取に説明を与えることを可能にする「音響的イマージュ」というコンセプトを練り上げる。(7) 彼は音響を出すさまざまな物体がもたらす騒音を使用し、それらを磁気テープに録音して、可能な限り加工したり操作したりできるようにする。「私はご立派な音楽を具体音楽と交換した。幼年時代に聞いたチェロをテープレコーダーと可変抵抗器に交換したのだ」[8]と彼は述べる。

それと同時代に、詩においても、比較に値する探究がある。ジャン＝マリ・グレーズは「さまざまな実験的な実践に共通する特徴があり、それはいずれも詩的なシニフィアンの物質性に重きを置くこと、その具体的な現実、あるいは文字という現実に重きを置いていることである」[9]と述べる。ロシア構成主義の継承者である具体芸術は、一九三〇年にはすでに、あるグループとテオ・ファン・ドゥースブルフによって創刊された雑誌にその名が見られるが、その二十年後には、「ダダイストたちがむき出しにした言語表現の土台そのものからの再構成」[10]をもたらそうとする野心をもった国際的な詩の運動へと展開を見せる。

この運動の先駆となった人びとのなかでは、とりわけシュヴィッタースが挙げられる。『メカノ』や『G』といった構成主義の雑誌に参加したが、《ウルソナタ》において時代錯誤な音楽的構造に訴えたとして、ハウスマンは彼をダダイスト的な一徹さで非難した。タイポグラフィーに重要性を与え、とくに具体絵画のモデルを強調したオランダ人のヘンドリック・ニコラス・ヴェルクマンやドイツ人のオイゲン・ゴムリンガーといった一九五〇年代の詩人たちに加え、とりわけ音楽と文学の関係という観点からは、「言語・発声・視覚〔verbivocovisuelle〕」の総合を目指したブラジルのグループ「ノイガンドレス」

が挙げられる。たとえば〔同グループの〕アウグスト・デ・カンポスは、「ポエタメノス」(一九五三)で「エズラ・パウンドの『キャントーズ』を想起させるタイポグラフィーの文体と、ヴェーベルンの音色旋律〔*7〕の影響があるとされた色彩コードに従った記号表記システム」を採用したとスティーヴン・バンは述べている[11]。

レトリスムから音響詩へ

実験的な特徴をもった詩の傾向として、言語の音楽化は、それが具体詩に影響を与えたということもさることながら、それよりもさらに根本的な形で、まず一九四六年にイジドール・イズーによって創られたレトリスム〔文字主義〕運動、次いで音響詩にかかわっている。後者は、一九六〇年代に「ルヴェルディからパウンド、ブルトンからセフェリスまで、視覚的なものと空間的なものに優位を与えてきた現代詩の逆」を行くことを主張する[12]。

イズーは、のちに数学的な影響を受けた「無限小」の理論から、相互作用的な性格をもった「超時間性」の理論を練り上げていくが、その最初の理論であるレトリスム、あるいは「音楽レトリスム詩〔musiquelettrie〕」は、言語の音声構造の解体に基礎を置き、同時代の音楽創造とは別個な形で「伝統的カテゴリーによる障壁を除去するという常軌を逸した企て」[13]（『新しい詩と新しい音楽への序論』、一九四七年）を提唱するものだった。たとえばピエール・ジュヴェの「二人の女、二人の男、二〇人かそれ以上の合唱のためのレトリスム詩」である「一八一二年」は、文字が音符代わりになっている現代音楽のスコアのように提示される[14]。

音響詩のアプローチ――ベルナール・ハイツィック、ショパン、フランソワ・デュフレーヌ、ブライオン・ガイシンなど――もまた、この障壁除去に加わるものである。エクリチュールの線形性とページという仕切りをもった詩からの解放の試みであるこのアプローチは、発声性を重視し、詩的素材にかかわる音楽と文学にまつわる両義性を操り、またその意味において、音楽と混じり合うことはないにせよ、音楽に近似するものである。クリスティアン・プリジャンによると、音響詩は「書かれたもの-の-声」にも属している。「これは歌われた声ではない。音声言語《パロール》の自然主義の外部への根本的な出口ではなく、一つの修辞性をもった楽譜や、音楽に備わる純粋で誇張された発言に隷属することでもない［…］。それは挫折し、記号論的残滓の詰まった音楽であり、挫折こそがその目指すところであるような、不確かな中間地帯で作用する音楽である」[15]。

＊7 原語 Klangfarbenmelodie の訳。シェーンベルクが『和声学』（一九一一）で提唱し、ヴェーベルンが発展させた、音色の変化を要素とした旋律。

本質的に音楽的なものであるレトリスムの詩と音響詩は、アメリカ合衆国で「テキスト＝サウンド・コンポジションズ」と呼ばれているものや、具体詩であれ「直接」詩であれ、音楽を多領域的な性格へと統合する詩の諸形式とは区別される。後者はたとえばジャン＝ジャック・ルベルによって一九七〇年代に設立された、詩人、音楽家、造形作家のコラボレーションの場である「ポリフォニクス」フェスティヴァルの場合がそうであり、そこで音楽は映像やパフォーマンスと手を携えている。

ヌーヴォー・ロマンに耳を傾けて

ミニュイ社前での著名な写真が象徴するように、一九五〇年代以降、ジェローム・ランドンの周りに集まった作家たちで一つに括られることになるヌーヴォー・ロマンは、まずもって小説にまつわる伝統の数々（写実主義的な幻想、本当らしさへの慣例、筋の線形性や一貫性、主人公の心理など）に対する明確な不信のあらわれであり、それはナタリー・サロートの『不信の時代』（一九五六）〔＊8〕、いくつかの論考を集成したロブ＝グリエの『ヌーヴォー・ロマンのために』（一九六三）〔＊9〕、そしてジャン・リカルドゥーによる、この運動を先鋭化する理論的試論の数々（一九六七年の『ヌーヴォー・ロマンの問題』、一九七一年の『ヌーヴォー・ロマンの理論のために』）のなかで表現されている。

しばしば「客観的小説《ロマン・オブジェクティフ》」、さらには客体《オブジェ》の小説あるいは「事物主義的」文学と評されるヌーヴォー・ロマンは、まず何よりも「視線派」として現われる。だが逆説的にも、サミュエル・ベケット、サロート、マルグリット・デュラス、あるいはロベール・パンジェといった作家を思い浮かべてみれば、いくつかの作品には音楽を参照元とするタイトルがあったり(〔デュラスの〕『モデラート・カンタービレ』〔*10〕、〔パンジェの〕『パッサカリア』)、エクリチュールの様式として声の優位が顕著であったりなど、耳を傾けた状態へと読者をいざなうものがある。そもそも、幾人かのヌーヴォー・ロマンの作家たちは、ラジオ放送向けの創作領域にも関心を示している。この領域は声、声の強度、息づかい、沈黙といったものに訴えることで、とりわけ声にかかわる「劇作法《ドラマトゥルギー》」を創始した。サロートはそのラジオ放送された作品の一つをまさに「沈黙」と題しているし、デュラス、パンジェは音に要求されるこのエクリチュールの経験へと乗り出した。ミシェル・ビュトールもこのケースに該当し、『イレネの夢』ではテクストにカセットテープを付したり、放送業界の作曲家(ルネ・ケーリングの『コールセンター』)のみならず、オペラ業界(アンリ・プッスールの『あなたのファウスト』)や、音楽家集団である「アンテルヴァ

*8 白井浩司訳、紀伊国屋書店、一九五八年。
*9『新しい小説のために』平岡篤頼訳、新潮社、一九六七年。
*10 田中倫郎訳、河出文庫、一九八五年。

ル」グループとの現代的かつ相互芸術的な創作領域の作曲家ともコラボレートしたりしている。このグループは造形作家、ダンサー、作家に参加を呼びかけており、クロード・オリエ〔ヌーヴォー・ロマンの作家の一人〕もその一人である。

ヌーヴォー・ロマンに耳を傾けることとは、ラジオという枠を超えて、連想をかきたてるようなタイトルを作家たちが選択する際に時おり示される、ある種の音楽的「屈性」に敏感であるということだ。バッハによるオルガンのためのハ短調のパッサカリアを参照するパンジェの作品は、それ自体が「パッサカリア風」であり[16]、変奏の下で執拗に繰り返される低音のラインによって特徴づけられる。デュラスの小説では、ピアノ教師が扱いにくい子どもに弾かせるアントン・ディアベリのソナチネが引き合いに出されるが、そこでの「モデラート・カンタービレ」という速度標語に対しては、一方ではビュトールの『ディアベリのワルツによるルートヴィヒ・ファン・ベートーヴェンの三十三の変奏曲との対話』〔＊11〕がそれに答えている。その『サン・マルコ寺院の記述』でストラヴィンスキーに献辞を捧げたり、代表的な小説の一つである『時間割』〔＊12〕で逆行するカノンの構造を用いたりしているように、ビュトールは音楽の領域を絶えず参照している作家である[17]。

確かに、ヌーヴォー・ロマンはさまざまな理由において「視線派」である。実際、この流派と結びつきのある作家たちの多くが映像芸術へと向かった。ロブ＝グリエも、その『幻影都市のトポロジー』の各章のタイトルに音楽的モデルを援用しているとはいえ、画家でもあったシモンと同様、聴覚的領域よりは視覚的領域のほうに想を得ている。ただ、〔ロブ＝グリエが〕アラン・レネとコラボレートして制作した『去年マリエンバードで』が私たちの視覚的記憶に訴える一方で、〔デュラスの〕『モデラート・カンタービレ』や『ヒロシマ・モナムール〔二十四時間の情事〕』、そしてとりわけ『インディア・ソング』のような映画で印象に残るのは何よりも音楽である。ここからも、ピエール・ブリュネルが述べるように、デュラスの作品全体が「その戯曲のうち二つ、またその映画の一つに与えられたタイトルである『ラ・ミュジカ〔音楽〕』というしるしのもとに(18)」置かれていると言えるだろう〔＊13〕。

「ハプニング」から音楽劇へ

一九五〇年代に音響領域——具体音楽、電子音楽、電子音響音楽——への新しいアプローチが現われ

＊11『ディアベリ変奏曲との対話』工藤庸子訳、筑摩書房、一九九六年。
＊12 清水徹訳、河出文庫、二〇〇六年。
＊13 デュラスの戯曲には『ラ・ミュジカ』（一九六五）およびその続編である『二つ目のラ・ミュジカ』（一九八五）があり、映画の『ラ・ミュジカ』（一九六七）は前者を映画化したもの。

たことで、音楽と劇にかかわる諸形式は再定義を余儀なくされる。とりわけヴァレーズ（《ポエム・エレクトロニク》、一九五八）とシュトックハウゼンを駆り立てた音の空間化への意志は、時間芸術である音楽を演出化、空間化するという点で、すでに音楽の領域を演劇へと接近させている。器楽奏者と声楽家のための劇的実践であるディーター・シュネーベルの《モデル》が示すように、音楽的身ぶりに備わる演劇性を活用することで、俳優が音楽家の役を割り当てられたり、またその逆であったりといったさまざまな実験が生み出されることになった。

「楽器劇《テアトル・アンストゥルマンタル》」の領域と、より広い意味での「音楽劇《テアトル・ミュジカル》」という領域は、アラン・カプローが一九五七年に「ハプニング」という名称を与えた、あらかじめ計画されたものではない演劇的なイベントの数々の航跡へと組み込まれる。ケージがピアニストのデイヴィッド・チューダー、詩人のメアリー・キャロライン・リチャーズとチャールズ・オルスン、画家のロバート・ラウシェンバーグ、ダンサーのマース・カニングハムに呼びかけて、ブラック・マウンテン・カレッジで最初のハプニングを行なった一九五二年から、フランスの音楽劇の嚆矢であり、アヴィニョンの演劇祭でのジローラモ・アリゴ、ピエール・ブルジャード、ホルヘ・ラベッツリによる《オルダン（*Orden*）》が発表される一九六九年にかけて、[19]演劇研究の場は次第に明確に定義されていく。それは、あらゆる種類の芸術素材（音楽、テクスト、ダンス、イメージ）と音響・映像技術（カセットテープ、ラジオ、映画、ビデオ）を組み合わせて、「さまざまな劇的・音楽的要素の新しいタイプの融合の可能性[20]」を探究するものだった。

「リヴィング・シアター」や、ルベルによって設立された「自由表現祭」に捧げられた「直接詩《ポエジー・ディレクト》」のような、演劇経験との境界に位置する音楽劇は、「パフォーマンス」、「アクション」の美学と結託する。この美学は、スペクタクルの伝統的な形式（絵画における展覧会、音楽におけるコンサートなど）を侵犯することを旨としていたが、「フルクサス」という集団は、一九六〇年代に「すべてが芸術である」、また「すべての人が芸術を作ることができる」という考えによってそうした伝統的形式を「激怒させる」ものだった。(21) アルノー・ラベル＝ロジューは同じ精神のもとで、「公衆に見せるべく与える筋・状況」であるパフォーマンスを「一人の個人によって、それがなんであれ伝えようとする特定の技量も絶対的な必要性も欠いたままで、何らかの行為《アクト》を遂行すること」と定義している。(22) こうした美学的無目的性の要求は当然ながら、マウリシオ・カーゲルがビスケットを砕く音を観客に対して聞くように挑発したり、ケージの《ヴァリエーションズII》において、作曲家が楽譜を校正する演出をする傍らで、キャシー・バーベリアン〔アメリカの作曲家・声楽家〕がスパゲッティを作って食べたりするなどといった、ある種の実験に対して不信感を引き起こすことになる。

しかし、音響実験（ケージの「プリペイド」ピアノ）、音楽家と楽器のあいだにある葛藤を含んだ関係の演出（カーゲルの《アテム》）、言語実験（シュネーベルの《マウルヴェルケ》や《グロッソラリー》、ジョルジュ・アペルギスの《レシタシオン》）は、それらが寄与する音響領域を拡大することで、「動機が存在しない」と言われるのを回避することに成功している。それらに加え、そうした音楽・演劇経験の数々には、紛れもなく文学的な基底材が美学的目的性を与えている。音楽劇は、テクスト的な即興の場、あるいは〔パリ東部郊外〕バニョレの音楽演劇集団ATEM〔＊14〕における集団的な創造作業の場でありえたにせよ、アペルギスの『運命論者ジャック』〔＊15〕やマヌエル・プイグの『M・プルーストの十四の文のための五重奏曲』のように、文学テクストに支えられたものもあった。

その強い魅力に恵まれていたのもさることながら、音楽劇はつまるところ、さまざまな限界に挑戦する特異な経験でありつづけている。沈黙を演出したことで著名な《4分33秒》の続編で、時間を破棄した《0分00秒》と題されたケージの作品、あるいはロンドンのロイ・ハート・シアターに連なる、叫び声を持ち込むプリミティヴィズム的かつアナーキーな潮流(23)は、その限界経験の境界に位置づけられるものである。この共同体においてはもはや音楽も、テクストも、舞台も、観客さえもおらず、ありとあらゆる想像上の叫び声の上演に身を任せるのである。

ポスト・音列技法とその文学的モデル

実験的素材として音楽が気兼ねなく使われる「ハプニング」や音楽劇とは逆に、一九五四年から七三年まで、現代音楽のいわば「公式集団」としての「ドメーヌ・ミュジカル」という団体に支えられていたポスト・音列技法の潮流が優先させるのは、システム化された組織への意志である。第二次世界戦後にレイボヴィッツによって理論化され、次いでヴェーベルン、そして〔一九四九年の《四つのリズムのエチュード》第二曲である〕「音価と強度のモード」のなかでメシアンによって複数のパラメーターに拡大された、音列的《セリエル》なエクリチュール技法は、「多音列技法（multi sérialisme）」あるいは「総音列技法〔*16〕（sérialisme intégral）」を引き起こした。これはブーレーズが教条的に推し進めたもので、よく知られているように、彼は「十二音的な言語の必要性を感じたことのない音楽家はすべて無用の長物である(24)」とみなした。

そうした党派性を越えて、私たちの注意を引くと思われるのは、ポスト・音列技法的な楽派の代表者たちや指導者に対して及ぼした文学の影響である。ヴィクトル・ルトスワフスキのアンリ・ミショーやデスノスへの関心（《アンリ・ミショーの三つの詩》、〔デスノスによる〕《眠りの空間》）、ジャン・バラケのヘルマン・ブロッホへの関心（《ウェルギリウスの死》）、ジルベール・アミのアルチュール・ランボーやリルケへの関心（《地獄の一季節》、《絵画論》）が示すのは、明らかな文学との親近性である。しかし、ブー

*14 Atelier Théâtre et Musique の略。一九七六年にアペルギスが設立した。
*15 ドゥニ・ディドロ『運命論者ジャックとその主人』を基にした戯曲。
*16 音高のみならず、音価・強弱・音色にも音列を応用する技法。日本では英語表記の「トータル・セリエリズム」も使われる。

レーズは最も作家に魅了されていた作曲家で、とくにこの場合は《婚礼の顔》、《水の太陽》、《主なき槌》の発想源となったルネ・シャール、そしてとりわけマラルメの詩がそうした例である。マラルメから作品が変動していく可能性を啓示されたこの作曲家は、作品を音楽的「変成」へと委ね、《ピアノソナタ第三番》においてはどのような順で弾くかは演奏者に任せている〔＊17〕。

ブーレーズは『参照点』〔＊18〕において、この作品の形成過程を生き生きと語っており、みずからが「永久に固定された始点と終点のあいだにある単純な道程として作品を捉えることはもはやせずに、形式という概念を全面的に考え直したジョイス、またとりわけマラルメに多くを負っている(25)」ことを示している。「偶然性の《アレアトワール》」音楽の他の作曲家たちもまた、ジョイスの詩学モデルを参照することになる。「開かれた作品」や「生成していく作品」〔ワーク・イン・プログレス〕の概念は、ケージやアンドレ・ブクレシュリエフの強い関心の中心にあった。後者〔の《群島》〕は演奏者にいくつもの群島を航海するよう促しており、楽譜はそれらの場所を提示する役割をもっている。

偶然性の音楽とウリポ

時に「刑務所のような規則(26)」として課されることのある音列的エクリチュールのシステムとは対照的

に、ブーレーズの「アレア」（一九五五）と題された論文をきっかけに生まれた、いわゆる「偶然性の《アレアトワール》」音楽は、演奏者に自由が与えられているという意味での余白によって定義される。演奏者は、さまざまな度合いによって共同のクリエーターの機能を割り当てられる。たとえば《ピアノソナタ第三番》の形式は、〔弾く順番に〕さまざまな可能性があるなかから与えられている選択に左右される。シュトックハウゼンの《ピアノ曲XI》においては弾く順番は一二一京六四五一兆通りにまで達する。この作曲家は不確定性を最大限に利用して、みずからの作品が偶然に近づいていくにつれて、作曲家自身から離れていくようにするのである。《4分33秒》が作り上げる「非-意図」の作品を構想したケージがシュトックハウゼンと意見を同じくしている一方、逆にブーレーズの思惑は確定的なものから逃れ去るものを支配し、「この潜在力を手なずけ、潜在力に説明を強い(27)」ようというものである。ルトスワフスキもやはり、作品が制御不能になるのを拒否して、「制御された」、あるいは「限定された」偶然《アレア》のほうを選ぶ。さらに、確定性と偶然とのあいだの力関係は、それらとは異なる作曲システムを導き出した。偶然性の音楽の不確定性に対し、ヤニス・クセナキスはとりわけ「確率論的な」、あるいは「蓋然論的な」確定性

＊17　アンティフォニー、トロープ、コンステラシオン、ストロープ、ゼクエンツの五つのフォルマン〔形成途上のもの〕からなり、コンステラシオンを中心に置く以外には演奏順序の制約はないが、未完となっている。
＊18　笠羽映子・野平一郎訳、叢書言語の政治　五、書肆風の薔薇、一九八九年。

のシステムを対置し、一九六六年にCEMAMu（数理自動音楽研究センター）を設立して、「作曲マシン」を開発した。一方で、ピエール・バルボーは計算法の複合的な総体から「アルゴリズム的」音楽を創りだしている。

筆者の知る限り、一九六〇年にクノーによって組織された「潜在的文学工房《ウリポ》」に集った作家とこれらの作曲家とのあいだには交流がなかったにもかかわらず、いくつもの共通点が彼らを近づけているように思われる。形式的な拘束にひそむ創造の可能性を科学的に探求することを目的とするウリポは、実際に数学者フランソワ・ル・リヨネに加え、クノーやジャック・ルーボーのように数学者でもあった作家たちの集まりでもあり、そうした資質はクセナキス〔＊19〕のような音楽家とも共通している。さらに、その第四章でウリポと情報科学理論との関係を扱っている『潜在的文学図録』では、コンピュータの使用によってアルゴリズム的な文学が生み出されたとしている。最後に、偶然の概念は音楽だけでなく文学においても依然として議論の的である。コレージュ・ド・パタフィジック――偶然的解決による科学――と結びつけられるにせよ、クノーがはっきり述べているのは、ウリポの仕事は決まって意図的で、自発的に拘束を求める性格をもつという意味で「反-偶然である」ということである[28]。

シュトックハウゼンの《ピアノ曲XI》における一二一京六四五一兆通りの組み合わせはクノーの『百兆の詩編』を思わせるし、ブーレーズの《ピアノソナタ第三番》において演奏者に任された自由裁量は、たとえばフリオ・コルタサルが『マレル』の読者に示した選択と同様のものが見出せる。つまり、作品の第一章から第五十六章まで順番に読んでも、第七十三章から開始して、各章の最後に示されている順番で逆に読みつづけても、いずれでもよいというものである。こうした組み合わせの芸術は、テクストと音楽が結びつく混交した形式のなかで展開するときに、いっそう新しい可能性を見出す。プッスール作曲による「ファンタジー、一種のオペラ」(29)である《あなたのファウスト》、あるいは「無限に変化していく構成の遊戯」を可能にするビュトールの『ドン・ジュアンのための詩《ストロフ》』のように(30)。《度を失った芸術》〔原題 *L'art effaré*(ラール・エファレ)はラ・レ・ファ・レと読める〕と題されたジョルジュ・ペレックの未完のオペラは、突飛なやり方で音符と歌詞を一致させている。その台本は、もっぱらラ・レ・ファ・レという音列を使ってできている。この音列はタイトルにも刻まれているし、たとえば次の序曲が示すように、組み合わせの手法にしたがって配置されてもいる。「**合唱** シラは見つめる、金色だ／賞賛される住居／金色のシラ／水に映ったシラ／水の友人シラ！」(31)(Scylla mire et dorée / Domicile admiré / Scylla dorée / Scylla d'eau mirée / D'eau Scylla amie !)〔＊20〕

＊19 数学と建築を学び、ル・コルビュジエの弟子でもあった。
＊20 聞こえてくる音を音符で示せばシ・ラ・ミ・レ・ド・レ／ド・ミ・シ・ラ・ド・ミ・レ／シ・ラ・ド・レ／シ・ラ・ド・ミ・レ／ド・シ・ラ・ミ！ となる。

第四章　二十世紀最後の数十年間

ポストモダニスム

「ポストモダニスム」の概念は、さまざまな論争の的になったのち、こんにちでは文学、音楽ともに二十世紀最後の数十年間を特徴づけるのに用いられているが、同時代の芸術家の側からの権利主張が重要なのではない。その概念が含意している現代性《モデルニテ》の乗り越えとは、逆説的ながらもう一つのフラッシュバック、すなわち不毛な退行ではなく過去を創造的に再調和させることと同義のものとして現われている。文学に関してソフィー・ラボーはこう述べる。「ポストモダン的美学は、過去の遺産との新たな関係という観念から定義づけられる。過去の遺産は拒絶されるものでも否認されるものでもなく、むしろ明晰に、またアイロニカルに再利用されるものである(1)」。音楽に関しては、ベアトリス・ラモー＝シュヴァシュが述べるところでは、これは「すでに分裂した全体性を参照してはいるが、生産的でありつづけようとする、実践的な異質性という考え方(2)」である。

したがって、ポストモダンの精神とは、「こんにちのアカデミスム」に成り下がったとして幾人の論者からは不信の目を向けられる前衛の特徴である、ただひたすら新しさを求める傾向とは対立するものであるが、一方ではその折衷主義や万華鏡のような側面をもつがゆえに、体系を求める精神とも対立するものである。実際、「想起《アナムネーズ》」[3]という精神分析学的プロセスに近しく、またとりわけ音楽において「新たなる調性」という概念を出現させた「自由想起《ルメモラシオン・リーブル》」という現象としてポストモダニスムが再び熱い視線を注ぐのは、抑圧された過去そのものなのである。「一九五〇年では名高いダルムシュタットの夏の演奏会の際に〔協和音の〕五度や八度の音程が聞こえるや、〔そうした作品を書いた〕作曲家たちが睨みつけられていたのに、一九八〇年代には時流の変化により健忘が礼賛され、気難し屋たちの厳密な体系がより柔軟なものに取って代わった[4]」。

文学のポストモダン性は、「ミメーシス」の新たな形式のようなものとして現われているが、それを示すのが「メタフィクション」の概念である。サロートの評論のタイトルを意味ありげに想起させる『不信を超えて』というマルク・シェヌティエの作品は、〔文学によって〕この世界を表象するという観念が特定の作家たちによって「脱構築」されているということを示している。こうした作家たちは、この表象という事実そのものを問い直しながらもフィクションの創作自体を断念するわけではない[5]。だが、こうした自己反省や、作品をアイロニカルに脱構築することに反対して、昔ながらの読みやすさという伝統に、さほどの野心ももたず回帰していくことを打ち出す作家もいる。それは「媒介としての機能から逸脱した、オブジェとしての言語をますます不明瞭にしていくこと」[6]に対する反動としてだけではなく、より安易に大衆を感動させようという意志によるものである。

過去を再調和させることは、音楽においても作品の受容への見方に修正を迫るが、ウンベルト・エーコが『「バラの名前」覚書』〔＊1〕で「筋書きと心遣いとの関係修復」について語ったのはそのことである。[7] ジャン＝ジャック・ナティエは、作曲上の構造に重きを置く「制作中心主義的」（poïético-centrique）音楽から、聴衆が作品を感性的に知覚していることを強調する「美学中心主義的」（esthésico-centrique）音楽への移行を分析している。[8] ポスト・音列技法とは反対に、アメリカの反復音楽〔ミニマル・ミュージックのフランス的呼び名〕は、叙述的構造を排除してはいるものの、調性を新たに活性化させている。クリスティアン・タルタンはこう述べる。「反復音楽においては、叙述的な秩序や、劇的な連続性という構想のもとで機能するものは何もない——目的は存在しないのだ。それらは結論を望まない」[9]。こうした叙述的秩序との対立は、聴衆を「オスティナート〔あるパターンの執拗な反復〕がもたらす目印の敗北」[10]に向き合わせるものだが、これはテクストと音楽の関係に影響を与えずにはいられない。コクトーを原作とした《オルフェ》や《美女と野獣》のようなフィリップ・グラスのオペラでは、テクストは意味論的に固定されているが、スティーヴ・ライヒにおいて声が器楽的に使用されるとき、声は言説的な価値のいっさいを剝奪されることになる。

二十世紀最後の数十年間に対する批評家たちの姿勢は、アイロニカルな警戒と救済的な楽観主義のあいだで揺れ動いている。冒険なのか、それとも前向きの逃走なのか。ポストモダンの時代を通じて引用の実践、すなわち寄せ集め《アマルガム》の美学、さらには「パッチワーク」の美学が発展を見たことは、不毛な現状、つまり「事実上、そのアポリアが行き着くところにまで達したエクリチュール以上に実りのないものとなった再=エクリチュールの低迷(11)」を示す徴候として捉えられることがある。しかし、こうした引用の実践は歴史横断的な一つの総合のしるしでもありうる。過去に対し、「懐古趣味的なものではない、断固として現在を向いた交渉(12)」が成立するや、そうした総合は創造的なものでありつづけるのである。

こんにちのテクストとポピュラー音楽

いわゆる「ポピュラー」音楽の領域においては、まず何よりも、現代的なその普及方法が「一ジャンルとしての」音楽による帝国主義に利益をもたらしたように思われる。こうした状況は、ドミニクおよびジャン=イヴ・ボッスールにより「電気・商業的(13)」だとか、ピエール=アルベール・カスタネにより

---

*1 谷口勇訳、而立書房、一九八四年。

「音響的寄生虫症」[14]などと評された。こうした症例的判断や嫌悪感は、パスカル・キニャールも、『音楽の憎しみ』〔＊2〕において「電気設備の発明やそのテクノロジーの多様化により突如として無限に増幅されていく音楽は、昼夜問わず鳴りやむことなく、攻撃的になっていく」[15]と表現しているものだが、他方ではこんにちの音楽における言葉と音の結合、とりわけラップにおいて行なわれるＭＣ〔司会者が音節を区切って発音するテクスト〕とＤＪ〔ディスク・ジョッキーがミックスした音楽〕のあいだの連関に関心が向けられることもある。

こうした都市型の音楽の動きの到来に言及する前に、広く過去に目を転じてみれば、特定の世代におけるいくつかの「神話」の継承について評価することができる。こうした世代は、彼らが「聖典化される」とはいわないまでも、少なくとも一定の地位を認められるまではスキャンダラスな現代性《モデルニテ》の象徴、「不良」じみた、あるいは露骨に挑発的な精神の象徴だった。それを示しているのは、〔たとえば〕プルーストが『見出された時』でミスタンゲット〔「ミュージックホールの女王」と呼ばれたシャンソン歌手〕について、ゲルマント公爵夫人の招待客のあいだで認められるようになるにはそう遠くないであろうと言及したり、コクトーがエディット・ピアフについての美しいテクストを書いたことで、一九六三年にたった数日の違いでこの二人が死を迎えたときに、この詩人と歌手の回想がつなげて捉えられたり、あるいはアラゴンが『ブランシュあるいは忘却』においてジョニー・アリデイ〔フランスの人気ロック・シンガー〕、俳優〕のコンサートについて書いたりしている事実である。このような弁証法は、「コード化された挑発の芸術(16)」である現代のラップ・ミュージックの席巻を通じて見出されるようにも思われる。その結果として、NTMという〔フランスのヒップホップ〕グループは、機動隊への暴力を教唆したかどで訴訟を受けて出廷することになったのだが。

加えて、この潮流に見られる特徴的なアンガージュマン――人種差別に対するヒップホップ・カルチャーと「最後の詩人たち《ラスト・ポエッツ》」の反抗にさかのぼる――としてここで強調しておくべきなのは言語的次元であり、いくつかの詩的手法を自分たちの手に取り戻しながらも、彼らがストリートの言葉、郊外《バンリュー》の言葉に価値を与えなければならないという事実である。カスタネが、アメリカのスラングである「ラップする（*to rap*）」という動詞が意味するのが「しゃべる」こと、つまり何も言わないために、あるいはどんなことであれ言うために語ることであると指摘する一方、ジャン＝マリ・ジャコノは、ラップをまず何よりも「歌唱がないところで正確な韻律法によって音節を区切って発音された詩の形式(17)」であると定義し、この音楽形式においては「豊富な語彙、脚韻、最も伝統的な言語の統語法の習熟」と「逆さ言葉《ヴェルラン》〔＊3〕の使用(18)」が奇妙にも同居していることを強調する。ラップ・ミュージックの特徴を

＊2 博多かおる訳、水声社、二〇一九年。
＊3 単語を音節で区切り、順序を入れ替えたスラング。Verlan という言葉も「逆さま」を表わす l'envers のヴェルランとなっている。

「シェーンベルクのシュプレッヒゲザング〔語る歌〕の技法に似た、リズムのついた語り[19]」であるとまでは言えないにせよ、一つ確かなのは、それが詩的伝統という資産を借りた創造の場、あるいは言語の再‐創造の場であるということだ。ラップは、ジャン＝エリック・ペランがよりアイロニカルに指摘するように、「畳韻法、交韻、大胆な隠喩の力を借りて、新芽が無邪気に詩的伝統を再発明している[20]」のである。

第二部　二十世紀における文学と音楽の関係――ジャンル別の研究

これまで私たちが行なってきた二十世紀の文学と音楽の関係の通時的な研究によって、音楽と文学双方にかかわる創造が、ジャンルを越えた諸形式へと向かう傾向が示された。それゆえに、「ジャンル」による分類をもとにした観点は、前衛〔芸術〕が次から次へと現われたことが示すように、既存の諸形式を侵犯することで明らかになった一つの現代性のありかたを捉えるには不適切であると映るかもしれない。しかし一方で、こうした分類をすることで、音楽と文芸のあいだの相互作用という重要な領域に結びついた固有の問題系が説明されることもある。この第二部で私たちは、音楽と詩の諸関係について調査すること、次いで演劇とオペラの領域にアプローチすることを通じ、「混交した」諸形式について考察を進めるが、その前にまず、音楽について書かれた著作へと関心を向けよう。実際、二十世紀には、一方では音楽について自己の考えを述べた作曲家、他方では音響芸術への関心を示すテクストを書いた作家たちが多数存在している。

第一章　音楽についての著作

理論的テクストにおけるジャンルの多様性

古代からの区別を持ち出すならば、実践的な音楽《ムシカ・プラクティカ》と並行して、音楽理論と音楽批評、美学上の思索、音楽学的研究、記号論的または記号学的(1)、文献学的(2)、哲学的(3)、あるいはさらに精神分析的な観点からの音楽領域へのアプローチといった、思弁的な音楽《ムシカ・スペクラティヴァ》もさまざまな種類の著作を通じて展開をみている。もっとも、〔精神分析学が〕「いかなる音楽的意味も(5)」持たないと断言したフロイト自身は、音楽という芸術については沈黙したことでとりわけ異彩を放ってはいるが。

音楽と文学の両方に関心があった理論家アドルノの『新音楽の哲学』（一九四九）〔＊1〕は、レイボヴィッツの著作群にあるように（一九四七年の『シェーンベルクとその楽派』〔＊2〕、一九四九年の『十二音音楽序論』）、ウィーン楽派によって引き起こされた理論的言説をよく示すものである。しかし作曲家自身、そうした言説を形成するのに貢献しており、シェーンベルク（一九一一年の『和声学』〔＊3〕）、ベルク(一九二四年の「シェーンベルクの音楽はなぜわかりにくいか?」〔*4〕)、あるいはブーレーズを思い浮かべられたい。ブーレーズの作品のなかには、ダルムシュタット〔の国際現代音楽夏季講習会〕で行なわれた講義を報告したものや(一九六三年の『現代音楽を考える』〔*5〕)、ポスト・音列技法的な音楽の研究の発展についての思索を提供しているものがある(一九六六年の『ブーレーズ音楽論——徒弟の覚書』〔*6〕、一九七五年の『意志と偶然——ドリエージュとの対話』〔*7〕、一九八一年の『参照点』)。

シェーンベルクの『和声学』と同様に、ストラヴィンスキーの『音楽の詩学』〔*8〕、メシアンの理論的著作(一九四四年の『音楽言語の技法』〔*9〕、一九四九年の「音価と強度のモード」〔*10〕、あるいはシェ

---

*1 龍村あや子訳、平凡社、二〇〇七年。
*2 入野義朗訳、音楽之友社、一九六五年。
*3 二分冊、山根銀二訳、「読者の為の翻訳」社版、一九二九年。
*4 ヴィリー・ライヒ『アルバン・ベルク』収録、武田明倫訳、音楽之友社、一九八〇年。
*5 笠羽映子訳、青土社、二〇〇七年。
*6 船山隆・笠羽映子訳、晶文社、一九八二年。
*7 店村新次訳、りぶらりあ選書、法政大学出版局、一九七七年。
*8 笠羽映子訳、未來社、二〇一二年。
*9 細野孝興訳、ヤマハミュージックメディア、二〇一八年。
*10 正確には一九四九年から五〇年にかけて《四つのリズムのエチュード》の二曲目として書かれたピアノ曲の↓

フェール（一九五二年の『具体音楽を求めて』、一九六六年の『音楽オブジェ論』）がこの「メタ言語的」言説に属しているが、それに加えて、さらに数多くの「副次的《パラ》テクスト」がある。音楽についての自己の見解を伝えようとする作曲家の著作は、実際豊富である。たとえば、ルーセルやラヴェルの書簡や著作、シュトラウスやプーランクの往復書簡、ベルク、カーゲル、ルイジ・ノーノ、ライヒ、ヴァレーズの著作などがそれである。

「執筆する」作曲家から作家としての作曲家へ

音楽家の著作には文学的な参照が頻繁に見られるが、これには音楽と文芸のあいだに存在した交流のありかを示すものである。マヌエル・デ・ファリャの『音楽と音楽家についての著作』やミヨーの『音楽についての覚え書き』におけるポール・クローデルとコクトーについての言及もさることながら、ここではブーレーズの著作においてマラルメが参照されていることの意味深さを想起しておきたい。とくにブーレーズがこの詩人に魅了されていたことがわかるのは、この音楽家の探求の余白として日記のような形で書かれ、またとりわけ「マラルメの肖像」という副題の付いたカンタータ《プリ・スロン・プリ》について述べられている『現代音楽を考える』においてである。

それに加えて、さまざまな比較論的研究（「詩と台本」、「シェイクスピアとオペラ」、「トルストイと音楽」など）がまとめられた『二つの世紀に関する音楽コラム』を書いたデュカスから、ミラン・クンデラが『裏切られた遺言』〔＊11〕において打ち立てた小説の歴史と音楽史のあいだの並行関係について『音符と音』で論じたフィリップ・マヌリまで[6]を見ると、作曲家たちが音楽と文学にかかわる領域に向けた関心がうかがえる。ピランデルロ風のタイトルをもつ『作者を探す六人の音楽家』〔＊12〕は、アラン・ガリヤーリが主導して、現代作曲家たちに彼らの音楽に対する考えを、彼らが選んだ一個の文学作品に照らして検討するよう促したものだが、この共著は、こうした作曲家たちがいかにテクストと音楽の関係にまつわる問題に敏感であるかを示している。ブーレーズは、「文の息づかいが〔…〕それ自体においてすでに音楽的現象である」[7]クローデルの作品を音楽にすると、冗長なものになってしまうリスクを主張する。クセナキスは、古代の文学へのアプローチにおいて必要とされる再構成、再発明の作業に力点を置く。ここでは複数の作曲家が、最終的には文学が彼らに提供した構造的なモデルを強調している。たとえば、クロード・バリフが聖典と捉えるマラルメの『賽子一擲』、その《群島》において開かれた

↓こと。六一頁参照。
＊11　西永良成訳、集英社、一九九四年。
＊12　ルイジ・ピランデルロの代表的戯曲『作者を探す六人の登場人物』を指す。

形式を展開したブクレシュリエフにとっての原型であるジョイスの『ユリシーズ』、あるいはマヌリを刺激して、たった一つの生成単位から構成されていく管弦楽作品を、さながら小説の音楽版として書かせることになったホルヘ・ルイス・ボルヘスの中編『アレフ』〔*13〕といった作品である。

音楽と文学の両方で活動した成果として提供されているアンドレ・オデールの特異な証言は、作家として行動する音楽家たちの事例について再考を促すものである。まず、十九世紀のヴァーグナーやベルリオーズにならいながら、自分自身で台本を書いた作曲家のことも思い浮かぶが、これは二十世紀においてより一般的な傾向となった。ベルクは、ビューヒナーとフランク・ヴェーデキントのテクストから想を得てそれぞれ《ヴォツェック》と《ルル》の台本を書き、シェーンベルクは、未完に終わるもののオペラの台本《モーゼとアロン》を制作し〔全三幕だが、第三幕はシェーンベルクの台本のみが残された〕、ジャン＝カルロ・メノッティあるいはマルセル・ランドフスキのような作曲家は、彼ら自身のテクストに基づいて継続的に作曲した。

台本作家を兼ねた作曲家に加え、別のモデルケースもあるとすれば、サティのテクストの文学的側面が、たとえばその『自分だけのために書かれたもの』の「頑固者の推論」(8)に示されていると主張することもできるし、音楽批評においてドビュッシーが、みずからの分身としてのムッシュー・クロッシュという自伝的虚構ともいうべき人物を創り上げたのは文学的領域に対する衝動によるものだったと評することもできよう。作曲家は自伝的な著作を通してみずからを表現することもある。日記という形においてであれ（シェーンベルクの『ベルリン日記』、ヴェーベルンの『ある女友達への日記』、プーランクの『休暇日記』）、ストラヴィンスキーの『私の人生の年代記』〔＊14〕のように年代記という形であれ、『幸福だった私の一生』〔＊15〕中の「前奏曲」におけるミヨーの表現を借りれば、一連の「音楽を伴わない註釈」という形においてであれ。最後に、十九世紀にヴァーグナーとリストのそれぞれによって書かれたベートーヴェンとショパンの伝記が示すような執筆活動は、セザール・フランクの伝記を書いたヴァンサン・ダンディ〔＊16〕から、ベルリオーズの伝記を書いたバリフ、ドビュッシーの伝記を書いたバラケ〔＊17〕、あるいはシューマン、ショパン、ストラヴィンスキーに関するモノグラフィを書いたブクレシュリエフ〔＊18〕に至るまで、二十世紀においてもさまざまな作曲家たちによって続けられた。

＊13 鼓直訳、岩波文庫、二〇一七年。
＊14 笠羽映子訳、未來社、二〇一三年。
＊15 別宮貞雄訳、音楽之友社、一九九三年。
＊16『セザール・フランク』佐藤浩訳、音楽之友社、一九五三年。ダンディにはベートーヴェンの伝記もある。
＊17『ドビュッシー』平島正郎訳、白水社、一九六九年。
＊18『ショパンを解く！　現代作曲家の熱きまなざし』小坂裕子訳、音楽之友社、一九九九年。

音楽に関する作家の発言

音響芸術について書かれた作家のテクストは、音楽家による著作と同程度のジャンル上の多様性を反映している。十九世紀には、スタンダールによってハイドン、モーツァルト、ロッシーニの伝記が書かれており、次いで二十世紀にはロランによりヘンデルとベートーヴェンのモノグラフィが、またギ・ド・プルタレスによってベルリオーズ、ショパン、リスト、ヴァーグナーの伝記が、さらにはニーナ・ベルベーロワによってチャイコフスキーとボロディンの伝記が書かれている。伝記作家のなかでは、『モンテヴェルディ』の著者モーリス・ロッシュ、バルトークの伝記を書いたヤン・ケフエレック、『生けるヴァレーズ』と題された著作をもつカルペンティエールも挙げておこう。

エッセイに関しては、いくつかは比較論的なものとなる。たとえばシュアレスの『音楽と詩』、レリスが読者に提示した研究として『オペラティック』〔＊19〕（「オペラとドラマ」、「オペラと抒情詩」、「オペラと超形而上学《パタフィジック》」など）、クンデラによる比較論として『裏切られた遺言』、またそれに先立つ『小説の精神』〔＊20〕。後者においてクンデラは、ヘルマン・ブロッホの『夢遊の人々』〔＊21〕における小説上の「ポリフォニー」(9)という新たな技術について言及している。作曲家を取り上げている作家もおり、たとえばロランの長大なモノグラフィ『ベートーヴェン――偉大な創造の時期』〔＊22〕、マンのエッセイ

『リヒャルト・ヴァーグナーの苦悩と偉大』〔*23〕、ジッドの『ショパンについての覚え書き』〔*24〕がある。最後に、そうしたエッセイは、オペラだけでなく（ピエール＝ジャン・ジューヴの『モーツァルトのドン・ジュアン』〔*25〕、あるいは『ヴォツェックあるいは新たなオペラ』）さまざまな音楽ジャンルを対象としており、コレットが『ミュージック・ホールの内幕』〔*26〕でその裏側を明かしたミュージック・ホールや、ヴィアンが『音楽よ前進せよ』のなかで辛辣な様子でその研究に没頭したシャンソンについても言える。

音楽に関する二十世紀の作家の思索は枚挙に暇がなく――「ヴァーグナーの毒」、ベルリオーズ、オネゲル、フランスの歌《シャンソン》(10)についてのクローデルの思索、自身にとって音楽は「窓ガラスの上の濡れた指

*19 大原宣久・三枝大修訳、水声社、二〇一四年。
*20 金井裕・浅野敏夫訳、法政大学出版局、一九九〇年。
*21 上・下巻、菊盛英夫訳、ちくま文庫、二〇〇四年。
*22 吉田秀和他訳、みすず書房、一九七〇年。
*23 青木順三訳、岩波文庫、一九九一年。
*24 中野真帆子訳、ショパン、二〇〇六年。
*25 高橋英郎訳、白水社、一九七〇年。
*26 平岡篤頼訳、『コレット著作集第九巻』、二見書房、一九七七年。

のもつ我慢ならない全能性」[11]であるとした、ヴァレリーの美学的考察など――、網羅的に報告するにはあまりに数多いのは明白である。ここでは単に、そうした思索の多くが、自伝や日記の形を取っていることを指摘しておこう。たとえばジッドの日記には、この作家が熱心にピアノを弾いていたことが書き留められているし、グリーンの日記には、バッハの作品にこの作家が魅了されていたことが示されている。

『新フランス評論』誌で音楽コラムを連載していた[12]ジャック・リヴィエールや、ドビュッシーの連載の傍らで『ジル・ブラース』誌の音楽欄を担当し、その『コンサートで』で一連のコンサート・レビューやパリ音楽院でのコンクールの審査を再構成したコレットのような作家が行なった音楽批評は、音楽についての著作のジャンルがいかに多様であるかを示している。それに加えて、音楽批評は作家たちがさまざまな音楽ジャンルに関心を抱いていたことを反映するものであり、たとえば、一方では『注釈書《コマンテール》』に収録されたジューヴの論文や、オペラに関する雑誌にドミニク・フェルナンデスが協力したことが思い浮かぶし、他方ではデスノスや、『ジャズ批評』を書いたヴィアンによる、録音媒体を通じた批評活動が思い浮かぶ。ヴィアンはレコード・ジャケットにいくつものテクストを寄せており、それが、のちに『ボリス・ヴィアンのジャズ入門』〔＊27〕という評論に収録されることになる。最後に強調しておいてよいのは、いくつかの文学批評に音楽と通じ合う点が認められることである。熱狂的なジャズ愛好家のジェラール・ジュネットは『パランプセスト』をセロニアス・モンクに捧げているし、『S／Z』でバルザックの音楽小説の一つを分析したロラン・バルトは「声のきめ」に関する名高い思索を行なった者でもある。後者によれば、「きめ」とは「歌う声における、書く手における身体[13]」のことである。

往復書簡

作家と作曲家のあいだで交わされた往復書簡は、音楽と文学の相互関係をよく示す証言である。この領域において思い浮かぶのは、とりわけレイナルド・アーンとプルーストのあいだの書簡、ドビュッシーとヴィクトル・セガレンが交わした手紙の数々、シュトラウスとその台本作家フーゴ・フォン・ホフマンスタールが交わした対話、シェーンベルクとマンを結びつけた手紙のやり取り、あるいはブーレーズとシャールのあいだの書簡である。あらゆる作家のなかでも、音楽家と最も多くの書簡を交わしたのは疑いようもなくコクトーで、その相手はとりわけミヨー、プーランク、そしてサティだった。とはいえサティは、オルネラ・ヴォルタが『サティとコクトー――理解の誤解[14]』〔*28〕で強調していると

*27 鈴木孝弥訳、シンコーミュージック、二〇〇九年。原題 *Derrière la zizique*。
*28 大谷千正訳、新評論、一九九四年。

ころによれば、コクトーに一度も返信をしなかったようだが。

こうした往復書簡は、同時代に生きていたことで結ばれた芸術家たちのあいだの交流を示すものだが、その一方で、これらの音楽についての著作群が示しているのは、二十世紀における音楽と文学の関係が、二十世紀の音楽史と文学史の交差点に位置した領域に限られないということである。エッセイ『ありし日の音楽家たち』〔*29〕や小説『ジャン・クリストフ』〔*30〕を書いたロランのように、実際は二十世紀の音楽よりも、過去の音楽を好んで論じるのを選ぶ作家もいるからである。

---

*29『ロマン・ロラン全集』第二十一巻、野田良之訳、みすず書房、一九八一年。
*30 同、第一―四巻、片山敏彦訳、みすず書房、一九八一年。

第二章　音響芸術の影響を受けた長編小説と中編小説

音楽の影響を受けた長編小説と中編小説の領域は、アレックス・アロンソンの『音楽と小説』[1]、あるいはドイツ文学を扱ったジョージ・C・スクールフィールドの『ドイツ文学における音楽家像』[2]などのように、書誌的な観点からすればさまざまな論評の対象となる。フランス文学に関して言えば、とりわけジャン゠ルイ・キュペールの著作『エウテルペとハルポクラテス、あるいは文学の音楽に対する挑戦』[3]、ブリュネルの『組み合わされたアルペッジョ』[4]〔＊1〕、ジャン゠ルイ・ポートゥロの『忘れられた音楽』[5]〔＊2〕が参照される。まずこの領域から、作家による「音楽的」タイトルの選択について考えてみたい。次いで、音楽から影響を受けた小説の特殊性を明確にするために、歴史小説のカテゴリー、

＊1　ドビュッシー《練習曲集》の第十一曲に想を得たタイトル。
＊2　副題として「『嘔吐』、『うたかたの日々』、『失われた時を求めて』、『モデラート・カンタービレ』」。

「音楽教育小説(6)」のカテゴリー、そしてジャン＝ピエール・マルタンがその『サウンドトラック(7)』〔＊3〕と題された著作で「声の小説」と命名したカテゴリーについて検討する。

二十世紀の音楽小説作品

網羅的とは言えないものの、次〔九〇–九六頁〕に示した表は、音響芸術から影響を受けた文学作品が二十世紀を通じてコンスタントに刊行されていたことを示している。そこでまず目を引くのは、音楽的主題が濃厚な作品であり、それらには実在の作曲家（ベルベーロワ『モーツァルト復活』、ミシェル・シュネデール『シューマン――黄昏のアリア』〔＊4〕）、あるいは架空の作曲家（ロラン『ジャン・クリストフ』、マン『ファウスト博士』）、器楽奏者（デュアメル『セシルの結婚』〔＊5〕、オデール『音楽家《ムジカント》』〔＊6〕）あるいは歌姫（歌姫に想を得たものとしては、アラゴン『死刑執行』〔＊7〕、フランツ・カフカ「歌姫ヨゼフィーネ」〔＊8〕、ジョイス「母親」〔＊9〕がある）が登場する。

音楽的な主題がこのように目立つのは、作家たちが音楽的なエクリチュールをとくに求めているからであるように思われるし、音楽と文学のあいだの構造的な照応関係にまつわる問題にも関心が向けられていることの表われでもある。とはいえ、ある作品が音楽を対象としているからといって、その作品がただちに音楽的であるということにはならない。以下の表は、主題としては音楽について言及されたものでなくても、オルダス・ハックスリの『恋愛対位法』〔＊10〕、パンジェの『パッサカリア』、あるいはチャーリー・パーカーのビバップ・スタイルに触発されたジャック・ケルアックの『コーディの幻想』〔＊11〕のように、音楽的な構造や手法に影響を受けた作品もいくつか含んでいる。

＊3 副題として「ベケット、セリーヌ、デュラス、ジュネ、ペレック、パンジェ、クノー、サロート、サルトル」。
＊4 千葉文夫訳、筑摩書房、一九九三年。
＊5『パスキエ家の記録』第七巻、長谷川四郎訳、みすず書房、一九五一年。
＊6 この小説を原作とした『無伴奏シャコンヌ』（仏・独・ベルギー合作、一九九五年）という映画がある。ヴァイオリニストのギドン・クレメルが音楽監督を務めた。
＊7『世界の文学』第三四巻、三輪秀彦訳、中央公論社、一九七一年。
＊8『カフカ寓話集』池内紀訳、岩波文庫、一九九八年。
＊9『ダブリナーズ』柳瀬尚紀訳、新潮文庫、二〇〇九年。
＊10 朱牟田夏雄訳、岩波文庫、一九六一年。
＊11『ユリイカ――特集＝ケルアック』油本達夫による抄訳、一九九九年十一月号、青土社。

一九〇〇　ダンヌンツィオ『炎』
一九〇三　マン『トリスタン』（『トオマス・マン短篇集』実吉捷郎訳、岩波文庫、一九七九年）
一九〇七　セガレン『響きの世界の中で』（『セガレン著作集』第三巻、木下誠訳、水声社、二〇一〇年）
一九〇四－一九一二　ロラン『ジャン・クリストフ』
一九〇八　シュニッツラー『廣野の道』（楠山正雄訳、博文館、一九一三年）
一九一〇　ヘッセ『ゲルトルート』（日本ヘルマン・ヘッセ友の会・研究会編・訳『ヘルマン・ヘッセ全集』第七巻、臨川書店、二〇〇六年）
ルルー『オペラ座の怪人』（平岡敦訳、光文社古典新訳文庫、光文社、二〇一三年）
一九一三　コレット『ミュージック・ホールの内幕』
一九一三－一九二七　プルースト『失われた時を求めて』（吉川一義訳、岩波文庫、二〇一〇－二〇一九年）
一九一四　ジョイス「母親」および「死せる人々」（『ダブリナーズ』）
フォン・カイザーリング『ニッキー』
一九一九　ジッド『田園交響曲』（『アンドレ・ジッド集成』第三巻、二宮正之訳、筑摩書房、二〇一四年）

一九二二　フィッツジェラルド『ジャズ・エイジの物語』〔『フィッツジェラルド作品集』第一巻、渥美昭夫・井上謙治編訳、荒地出版社、一九八一年〕
一九二四　カフカ「歌姫ヨゼフィーネ、あるいは二十日鼠族」
一九二七　アラン『音楽家訪問――ベートーヴェンのヴァイオリンソナタ』〔杉本秀太郎訳、岩波文庫、一九八〇年〕
一九二八　ハックスリ『恋愛対位法』
一九三〇　ウエストマコット、別名クリスティー『愛の旋律』〔中村妙子訳、クリスティー文庫、早川書房、二〇〇四年〕
一九三七　プルタレス『奇跡の漁』
一九三八　デュアメル『セシルの結婚』
一九四二　ヴェルコール『海の沈黙』〔『海の沈黙　星への歩み』河野与一・加藤周一訳、岩波文庫、一九七三年〕
一九四七　マン『ファウスト博士』
一九五〇　ハイネセン『失われた音楽家たち』
一九五一　ベイカー『ヤングマン・ウィズ・ア・ホーン――あるジャズエイジの伝説』

一九五三　カルペンティエール『失われた足跡』〔牛島信明訳、岩波文庫、二〇一四年〕
一九五六　バース『フローティング・オペラ』〔田島俊雄訳、サンリオ、一九八七年〕
一九五八　デュラス『モデラート・カンタービレ』
一九五九　サガン『ブラームスはお好き』〔河野万里子訳、新潮文庫、二〇〇八年〕
　　　　　コルタサル「追い求める男」（『秘密の武器』）〔『悪魔の涎・追い求める男 他八篇　コルタサル短篇集』木村栄一訳、岩波文庫、一九九二年〕
一九六五　アラゴン『死刑執行』
一九六九　パンジェ『パッサカリア』
一九七二　キュネオ『貧者のピアノ』
　　　　　ケルアック『コーディの幻想』
一九七三　ランス『マントヴァの弦楽器職人』
　　　　　バージェス『ナポレオン交響曲』〔『アントニイ・バージェス選集』第九巻、大澤正佳訳、早川書房、一九八九年〕
一九七四　カルペンティエール『バロック協奏曲』〔鼓直訳、水声社、二〇一七年〕

一九七五　フェルナンデス『ポルポリーノ』〔三輪秀彦訳、早川書房、一九八一年〕
　　　　　ロッシュ『オペラ・ブッファ』
一九七六　バスティード『さすらい人幻想曲』
　　　　　トゥルニエ「人の望みの喜びよ」（『赤い小人』）〔榊原晃三・村上香住子訳、早川書房、
　　　　　　一九七九年〕
一九七九　デラコルタ『ディーバ』〔飯島宏訳、新潮文庫、一九八三年〕
　　　　　ヨンケ『彼方の音楽』
　　　　　キニャール『カルス』
　　　　　ロワ『ポン・デ・ザール横断』
一九八〇　ロッシュ『病的旋律』
　　　　　サルナーヴ『グッビオの門』
一九八一　ヒューストン『ゴールドベルク変奏曲』
一九八二　ヨンケ『眠りの戦争』
　　　　　老舎「オペラ愛好家」（『北京の人びと』）

一九八三　トゥルニエ「音楽とダンスの伝説」（『愛を語る夜の宴』）〔榊原晃三訳、福武書店、一九九二年〕

ベルンハルト『破滅者――グレン・グールドを見つめて』〔岩下眞好訳、音楽之友社、一九九二年〕

イエリネク『ピアニスト』〔中込啓子訳、鳥影社・ロゴス企画部、二〇〇二年〕

シュクヴォレツキー「バス・サクソフォン」〔『二つの伝説』石川達夫・平野清美訳、松籟社、二〇一〇年〕

一九八四　カスティヨ『ギター』

一九八五　ベルベーロワ『伴奏者』〔高頭麻子訳、河出書房新社、一九九三年〕

ヨンケ『名演奏家の学校』

リビス『音楽と冬』

モンタルバン『ピアニスト』

一九八六　レズニコフ『音楽家』

一九八七　オデール『音楽家《ムジカント》』

一九八八　キニャール『音楽のレッスン』〔吉田加南子訳、河出書房新社、一九九三年〕『ヴュルテンベルクのサロン』〔高橋啓訳、早川書房、一九九三年〕
ランゲ「リサイタル」「ヴァルトシュタインソナタ」
シュネデール『グレン・グールド――孤独のアリア』〔千葉文夫訳、ちくま学芸文庫、一九九五年〕
一九八九　ベルベーロワ『モーツァルト復活』
バージェス『悪魔のやり方』
シュネデール『シューマン――黄昏のアリア』
一九九〇　ディウォ『王のヴァイオリン』
一九九一　バージェス『ピアニストたち』
キニャール『世界のすべての朝は』〔高橋啓訳、伽鹿舎、二〇一七年〕
一九九二　スカルペッタ『抒情組曲』
シュナイダー『眠りの兄弟』〔鈴木将史訳、三修社、二〇〇一年〕
一九九三　モリスン『ジャズ』〔大社淑子訳、早川書房、二〇一〇年〕

一九九四　バリッコ『海の上のピアニスト』〔草皆伸子訳、白水社、二〇〇七年〕
一九九五　キニャール『アメリカの贈りもの』〔高橋啓訳、早川書房、一九九六年〕
　　　　　キュネオ『川を渡って』
一九九六　ヘルトリング『シューマンの影』
　　　　　シュクヴォレツキー『ジャズ・プレーヤー仲間』
　　　　　トパン『いかれたピアノ』
一九九八　マウレンシグ『狂った旋律』〔大久保昭男訳、草思社、一九九八年〕
一九九九　クラウサー『歌姫の黒いプードル』

これらのリストに、青少年向けの多様な文学作品、たとえばジョゼフ・ジョッフォの『アンナとオーケストラ』、クリスティアン・グルニエの『顔のないピアニスト』、アラン・ジェルベールの『ジャズの王様』、あるいはマリ＝オード・ミュライユ『頭をラップへ』も加えてもいいかもしれない。純文学以外の作品でも音楽は無視されていない。推理小説の分野では、ノエル・バランの『音楽は殺意をなだめる』や、『幽霊』から『ミシェル・レイの冒険』にまで至るルネ・ベレットの作品では音楽狂いの刑事を登場させているが、こうした人物像はアンヌ・ロッシュの小説『アマデウス・エクス・マーキナー』にも現われる。最後に思い出されるのは、エルジェの『カスタフィオーレ夫人の宝石（タンタンの冒険）』〔＊12〕から、ベルクとコーヴァンによる『バルネとブルー・ノート』やグイド・クレパックスの『ハーレムの男』[8]のような「ジャズ的」小説に至る、音楽に想を得た漫画《バンド・デシネ》である。とくに好まれる主題だったオペラも、多様な文学領域へと移っていく。たとえば、ガストン・ルルーの『オペラ座の怪人』をはじめとして、デラコルタの推理小説『ディーバ』、フランソワ・クプリの青少年向け小説『オペラ・コンシエルジュの息子』、また漫画《バンド・デシネ》によるオペラ台本の翻案（『魔笛』、『アイーダ』、『カルメン』）のように。

＊12 川口恵子訳、福音館書店、一九八八年。

「音楽的」タイトル

先に概観したリストをさまざまな角度から検討していくと、作者による「音楽的」とも言えるタイトル選択が目立ち、そこに彼らが音楽的な概念を忍び込ませていることが分かる(カルペンティエール『バロック協奏曲』、ハルトムート・ランゲ『リサイタル』、デュラス『モデラート・カンタービレ』、ハックスリ『恋愛対位法』)。まず第一に、実在の音楽作品を後ろ盾にして小説を位置づける、対象指示的なカテゴリーのタイトルが他と区別される。たとえば、ジッドの『田園交響曲』、フランソワ=レジ・バスティードの『さすらい人幻想曲』、ギ・スカルペッタ『抒情組曲』はそれぞれベートーヴェン、シューベルト、ベルクからタイトルを借りており、マンの『トリスタン』、アンソニー・バージェスの『ナポレオン交響曲』は、それぞれヴァーグナーの《トリスタンとイゾルデ》、ベートーヴェンの《英雄交響曲》を踏まえたものである。

音楽的語彙が小説(三島由紀夫『音楽』、ポール・オースター『偶然の音楽』〔＊13〕、ラーズ・グスタフソン『葬送曲』)や連作小説(ロレンス・ダレルの『アレクサンドリア四重奏』〔＊14〕や『アヴィニョン五重奏』〔＊15〕)の性格を特徴づけるためにより広く使われるとき、あるいはそうした語彙がその書物の語り上の戦略のイメージを印象づける傾向があるとき(クラウス・マンの『小説チャイコフスキー』〔＊16〕、パウル・ツェランの「死のフーガ」〔＊17〕、あるいはポール・ニゾンの『歌（*Canto*）』）、音楽的語彙の援用はさまざまなレベルにおいて隠喩〔＊18〕的なものであり、いくつかの作品は「錦の御旗のように、時には見せかけの音楽的タイトルを振りかざしている」(9)。こうした問題に加えて、外国文学のテクストを対象にした場合はさらに、不十分な翻訳、あるいは逆に過剰な翻訳といった現象が起こる。たとえば〔イタリアの作家〕パオロ・マウレンシグの『反行カノン（*Canone inverso*）』というタイトルの音楽的効果は、仏語訳（『ヴァイオリニスト（*Le Violoniste*）』）になるとその意味が弱められ、逆にヘルムート・クラウサーの長編小説『巨大なバガロジー』〔＊19〕は、フランス語版では「音楽化」される（『歌姫の黒いプードル（*Le Caniche noir de la diva*）』）。

＊13 柴田元幸訳、新潮文庫、二〇〇一年。
＊14 全四巻、高松雄一訳、河出書房新社、二〇〇七年。
＊15 全五巻、藤井光訳、河出書房新社、二〇一二－一四年。
＊16 三浦靭郎訳、音楽之友社、一九七二年。
＊17『パウル・ツェラン全詩集』第一巻、中村朝子訳、青土社、二〇一二年。
＊18 ある物事を、それと類似した別の物事の名称を借りて表わす修辞。
＊19 ドイツ語の原題は Der grosse Bagarozy である。この小説を原作とした映画があり、日本では『ディアボリーク――悪魔の刻印』というタイトルでビデオ販売された。

第二のカテゴリーは、音楽家の登場人物がたどる道筋についての物語が焦点化されているタイトルである。音楽家は彼らのもっている楽器（ミシェル・デル・カスティヨの『ギター』）によって換喩《メトニミー》〔＊20〕的な仕方で示されることもある。その名づけ方は、一般的なものから（チャールズ・レズニコフの『音楽家』、オデールの『音楽家』）個別的なもの（マヌエル・バスケス・モンタルバン『ピアニスト』、マウレンシグの『ヴァイオリニスト』）までさまざまだが、個別的なものはそれ自身では性数の変化を見せたりもする（エルフリーデ・イエリネクの『ピアニスト〔女性単数〕』、バージェスの『ピアニストたち〔複数〕』。あるいはジャン・ディウォの『王のヴァイオリン〔複数〕』）。芸術系高等教育機関《コンセルヴァトワール》でのピアノやヴァイオリンのクラスの人数が過剰に多い現象を反映してなのか、これらの例では器楽奏者に関する文学的描写がかなり一面的であるという意味で示唆的である。とはいうものの、文学の利点は、これらの王道的な楽器のさまざまな側面を知らしめるというところにもある。たとえば文学は、通常はソリストの陰に隠れて補佐する立場の音楽家の姿に好奇の目を当てたり（ベルベーロワの『伴奏者』）、弦楽器職人たちの職人技を褒め称えたりするのである（モーリス・ランス『マントヴァの弦楽器職人』）。

そうしたものと比較すれば、チェコの作家ヨゼフ・シュクヴォレツキーの中編小説「バス・サクソフォン」が示しているような、どちらかといえば珍しい楽器への関心はさほど見られない。文学において管楽器《ヴァン》は、しばしば嘆くようなフルートや好戦的なトランペット(10)のような象徴的役割に甘んじたままで、一般的には「ほとんど風《ヴァン》が吹かない」のである。例外的に管楽器にオマージュが捧げられるのは、ベイカーの『ヤングマン・ウィズ・ア・ホーン――あるジャズエイジの伝説』、コルタサルの「追い求める男」、キニャールの『アメリカの贈りもの』といった、ジャズにまつわるテクストにおいてである。

歴史小説

〔前項での〕第一のカテゴリーに分類されるタイトルが強調しているのは、実在する音楽家や音楽作品を参照することで小説に与えられる歴史的側面である。この側面は、作品のタイトルからすでにはっきりと現われたり（ペーター・ヘルトリング『シューマンの影』）、銘句として置かれたりするが（コルタサル「追い求める男」における「Ch. P（チャーリー・パーカー）の思い出に」）、テクストのなかにしか現われないこともある。たとえばヴァーグナーは、マンの『トリスタン』においてはタイトルでほのめかされているだけだが、ガブリエーレ・ダンヌンツィオの『炎』では主要人物の一人を生み出すきっかけとなった。

---

*20 ある物事を、それと共存関係または因果関係にある別の物事によって表わす修辞。

同様に、著名なカナダ人ピアニストであるグレン・グールドは、シュネデールの歴史小説『グレン・グールド――孤独のアリア』で中心的に現われたかと思えば、トーマス・ベルンハルトの『破滅者』では登場人物の一人としても現われる。後者は、この実在の音楽家の人格に忠実とはいえないために、ある批評家によって「人物の横領」であると批判されている。[11] しかしながら、歴史上の参照対象を尊重するかしないかはもちろん小説家次第である。彼らが自分たちなりの仕方でモーツァルトを復活させたければ、それは彼らの自由なのである（ベルベーロワ『モーツァルト復活』）。

当然、歴史的な側面がより顕著であるフィクションも存在する。それにより、たとえばフィッツジェラルドの中編小説集『ジャズ・エイジの物語』や、『ミュージック・ホールの内幕』の名に集められたコレットのテクストのように、二十世紀を象徴する音楽ジャンルの証言としての価値を持っているものもある。また、特定の歴史的な文脈に音楽的テーマを組み込む者もいる。たとえばヴェルコールによって一九四二年に地下出版された『海の沈黙』では、ドイツによる占領時代に、黙りこくった家人たちに直面した音楽好きのドイツ人将校を登場させており、マンの『ファウスト博士』では、登場人物の悲劇的な運命がヒトラー率いるドイツ帝国の崩壊を表わしているとされている。後者では現実の歴史が、「〈悪〉に服従した天才の悲劇」に響く「低いうなり声[12]」の役割を果たしているのである。

ここ数十年来、バロック音楽がかきたてている関心を反映した歴史小説は数多い。ランス『マントヴァの弦楽器職人』、フェルナンデスの『ポルポリーノ』、ディウォの『王のヴァイオリン』、キニャールの『世界のすべての朝は』、アンヌ・キュネオ『川を渡って』は、現代音楽よりも過去の音楽について書く作家が増えたことを示す好例である。マンの『ファウスト博士』とスカルペッタの『抒情組曲』は、それぞれセリー音楽から想を得ているが、それらを除けば、実際には十七世紀や十八世紀の音楽について書かれた現代小説が多い。たとえばオーストリア人のゲルト・ヨンケのように、音楽的なテーマをそれぞれの仕方でつきつめたという点で最も革新的といえる小説家たちでさえ、主としてクラシックな音楽を参照しているのである。

「音楽的自己形成を扱う長編小説」

〔前々項の〕第二のカテゴリーに入るタイトルのほうは、ある音楽家の歩みに焦点を当てた物語の特殊性について思考を促すものであるが、これらはあまりにも安易に、芸術家小説の一般的なカテゴリーと一緒くたに結びつけられてしまっている。確かに、作者が「金の糸」になぞらえた音楽が全体を貫いているプルーストの作品は、音楽と小説の諸関係という観点から探求された作品のうちでも筆頭に数えられる。[13] ヴァントゥイユの作品——ソナタや七重奏曲——、およびそれらが引き起こす聴取のありようは、実際のところ『失われた時を求めて』において本質的な役割を果たしており、そこで音楽はスワンの嫉妬、語り手とアルベルティーヌの恋、シャルリュスが買った不興、そして見出された時という最終的啓示を一度に繰り広げている。しかしながら、語り手の文学的な目覚めがやってくると、ヴァントゥイユという、脇役とはいえ重要度のけっして低くない人物によって体現された音楽的目覚めはかすんでしまう。その人生は断片的で、不連続なやり方で描写されるにすぎないのだ。

その反面、音楽家――ここでは作家になぞらえられている――に中心的な位置を与えている作品は、聴覚的感受性の過剰に苦しむ人物が登場するセガレンの中編小説「響きの世界の中で」から、アガサ・クリスティーがメアリ・ウェストマコット名義で書き、ボリス・グローエンという作曲家をめぐる『愛の旋律』を経由して、音楽家ヨハネス・エリアス・アルダーの悲劇的な物語を描き出したロベルト・シュナイダー『眠りの兄弟』に至るまで数多い。「芸術家小説」(*Künstlerroman*)と「自己形成小説」(教養小説とも呼ばれる)」(*Bildungsroman*)の交差から生じた芸術家自己形成小説(*Künstlerbildungsroman*)というドイツでの批評概念にちなんで、これらの作品を「音楽的自己形成小説」(romans de la formation musicale)と呼ぶことができるだろう。その共通項としてあるのは、音楽家像が前面に押し出されていること、また一つの「歩み」への暗示を通じて、芸術家の自己形成を考慮に入れていることである。あらゆる教養小説は、ミハイル・バフチンによれば本質的に「生成していく人間」として現われるイメージによって特徴づけられるのだから[14]。

このカテゴリーには、ロランの『ジャン・クリストフ』とマンの『ファウスト博士』に近いところにありながら、それらほど知名度が高くはないプルタレス『奇跡の漁』やヘルマン・ヘッセ『ゲルトルート』のような小説、さらには美学的には分岐していくような路線を示す現代の作品が入る。たとえば、キニャールの『世界のすべての朝は』やフェルナンデスの『ポルポリーノ』のような歴史小説に通じる作品が、音楽を〔言語によって〕暗示するという理想主義的伝統を保持しているのに対し、別の路線の作品においては、自己形成小説という伝統的な構造に新たな形式をもたらしているものがある。後者に属する作品として、九か月にわたって書かれた「Sの日記」という形で一人の音楽家の記憶をよみがえらせるダニエル・サルナーヴの『グッビオの門』や、そのエクリチュールの不連続性という点で際立っているレズニコフの『音楽家』、独白の形を取ったベルンハルトの『破滅者』やアレッサンドロ・バリッコの『海の上のピアニスト』がある。

一般的に言えば、音楽家を扱った小説は、小説の現代性を特徴づける主要な基準を典型的に備えているとはいいがたい。現代小説ではもはや名も、職業も、過去も、家族ももたない人物が当たり前のように登場するからである。登場人物も読者も、真の意味で彼らの座標軸を見失うことはないという点で、ある種時代錯誤ともいえる音楽家の小説は、実際、十九世紀の写実主義的で心理学的な美学の不変性に反旗を翻していた二十世紀の前衛作家たちの埒外に置かれることが多い。

音楽的な自己形成を扱う小説は、ミシェル・レーモンが述べるところの「筋立ての危機」から免れており[15]、登場人物に「信を置き」つづけているようであるにせよ[16]、この「不信の時代」〔サロートの小説のタイトルにちなんでいる」においては、伝統的な「自己形成小説《ビルドゥングスロマン》」の楽観主義的な先入見を問題視されて、風前の灯火であるのは確かである。ロランの『ジャン・クリストフ』は、いまだ「自己形成の旅」というゲーテ的伝統の継承者ではあるが、そうした伝統は現代小説においては根本的に否認されている。現代小説が重視するのは、もはや自己鍛錬の幸福な達成ではなく、そうした鍛錬が裏目に出たり、失敗したりすることである。地下鉄の通路で厳かに演奏するヴァイオリニストを描くオデールの『音楽家』、強圧的な音楽的自己形成に支配された人物を登場させるイエリネク『ピアニスト』、上達という伝統的な図式を退潮のイメージ、すなわち「破滅者」のイメージへと置き換えるベルンハルトの小説のように。とはいえ、これらの作品をもってして音楽的自己形成小説が危機にあるなどということはできない。なぜなら、音楽というものはつねに脱神話化のプロセスに抵抗を見せるように思われるし、またそれゆえにこそ断固として創造的なインスピレーションの源泉でありつづけているからである。

「音楽的」長編小説の形式上の特色

音楽はインスピレーションの源泉として、テーマのみならず形式上においても小説に影響を与えているが、音楽を参照したり引用することで、小説は特殊な間テクスト性をはじめとしたさまざまな特色を付与される。たとえば、ロランやオデールは、そのテクストに楽譜の一部を挿入して、一時的に一つの記号的システムから別のそれへの移行を果たすが、これは専門知識の有無によって読解のありかたが左右されることにもなるだろう。ジャン＝ルイ・バケスは「ある書物に音符が含まれていると、理解できない別種の記号たちを前にした中世の聖職者が「それはギリシア語だ、読めない」[17]（*Graecum est, non legitur*）と表現したような反応を引き起こすことがしばしばである」と書く。音符をアルファベットで表現するドイツ語文化圏の地域で使われる記譜法のシステムによって可能になる「音楽的アナグラム」手法は、この間テクスト的現象のさらに複雑化した例である。マンの『ファウスト博士』は、〔不倫関係にあった〕ベルクとハンナ・フックスのイニシャル――HFAB、つまりシ、ファ、ラ、シ♭――に基づいて作られた《抒情組曲》での手法を文学的に応用したものである。そこで〔主人公の作曲家〕アドリアン・レーヴァーキューンは、みずからを悪の道へと導いた、梅毒に冒された娼婦へタエラ・エスメラルダの名をその作品の骨子に据えている。また、スカルペッタの小説〔『抒情組曲』〕では、ベルクの作品の構想から明白な形で想を得ており、同様にイニシャル遊びを行なって、H・Fという文字でハンナ・フックスだけでなく登場人物を魅了するルーベンスの絵画のモデルであるエレーヌ・フルマン（Hélène Fourment）を指し示している。

間テクスト性を越えたところでも、音楽に影響を受けた小説は、詩学という観点から、とりわけ特定の音楽的、文学的な構造と手法のあいだにある類似点への考察を促している。実際のところ、形式的モデルとしてどの程度まで音楽は文学にとって役立ちうるのか、また小説家の音楽的教養が文学的な転用を引き起こすことがあるという仮説を立てることがどの程度まで音楽に可能なのかを問うことはできるだろう。事実、音楽に魅了された作家たちのなかには、その特徴として「音楽的」な性格をもつエクリチュールを標榜した者もいる。ロランは、彼自身音楽的な解釈や作曲に没頭し[18]、みずからを「作家にして音楽家」と称したり、「音楽的」小説の理論を打ち立てたりすることをはばからなかった[19]。マンはみずからの小説の翻訳者ルイーズ・セルヴィサンに献辞を書く際に、仕事机の写真を添えて「こちらが私のグランドピアノです」と記し[20]、『ファウスト博士』で用いた、「形式的理想」としての「音楽的構成主義」のモデルをシェーンベルクの音楽に見出したことを明言している[21]。

音楽的なエクリチュールを標榜することは、たいていは副次的《パラ》テクスト〔＊21〕の一部をなすにしても、それだけで小説の創造に音楽が寄与しうると主張できるわけではないのは明らかである。しかしながら、音楽によってもたらされた形式上のモデルが文学の側から求められたことは疑いようがない。以後、批評家に課せられた役割は、たとえばルイ・ジレが交響曲にならったロランの小説の構造を分析しながら行なっているように[22]、安易な隠喩に陥ることなく、どの程度まで〔音楽からの〕転用が成立しうるのかを示すことにある。同様の観点から生まれてきた成果として、「ポリフォニー小説」や「対位法」(ダンヌンツィオの『炎』、ジッドの『贋金つくり』〔＊22〕、そしてとりわけハックスリの小説『恋愛対位法[23]』)といった概念や、たとえばクンデラの『笑いと忘却の書』〔＊23〕や『存在の耐えられない軽さ』〔＊24〕の構造において本質的な、主題と変奏といった概念、さらには「ジャズ・イディオム」の概念や、ケルアック、コルタサル、あるいはトニ・モリスンのような作家が、ジャズで用いられる「言語」を転用することができたという観点がまず挙げられよう。

とはいえ、こうしたアプローチは用語の正確さという点で問題を含むのは避けがたい。文学に与えた音楽の形式上の影響関係を問題にする際に困難が生じるのは、実際のところ類似性に基づいて音楽と言語を接近させることが、必然的に隠喩的な性格を帯びることにかかわりがある。つまり、フランソワーズ・エスカルが強調するように、「音楽から文学への移行において、与えられた形式を同じ方法で保持しつづけることは、一つの最終目標《テロス》、一つの限界を残すことになる[24]」のである。独白体小説の伝統の対極にあるものとして、ドストエフスキーの小説固有の特徴である複数の声の同等性、イメージの複数性、語りの中心軸の多数性をもとにバフチンが定義づけようとした「ポリフォニー小説」の概念[25]は、狭

*21 ジェラール・ジュネットの提唱した概念で、書物の本文以外のテクスト(タイトル、献辞、序文、脚注など)の総体。ここでは「周縁的な要素」という意味を込めている。
*22 『アンドレ・ジッド集成』第四巻、二宮正之訳、筑摩書房、二〇一七年。
*23 西永良成訳、集英社文庫、二〇一三年。
*24 千野栄一訳、集英社文庫、一九九八年。

い意味では、たとえば作者が異なる登場人物の声を同時に響かせることができるような作品にこそふさわしいはずである。しかし文学は、音楽とは反対に、もともと単声的かつ単線的な性質があるため、複数の声を並置しにくい。これはドス・パソス、ロマン、あるいはジッドの作品にもいえることである。これらの作品はいわゆる「同時主義《シミュルタネイスム》」に結びついており、語りを素早く切り替えながら付随して起こるできごとを記述することで、こうした並置がなされているような錯覚を与えている。

こうした障害物があることを考えると、音楽と文学の類似性を論ずる土俵に上がることには慎重にならざるを得ない。そうした土俵は、とりわけ「悪しき」隠喩の危険性にさらされているように思われるからである。ただし隠喩は、それ自体では必ずしも転覆を招くわけではなく、キュペールが述べるように、隠喩を性急に断罪するのは「隠喩というものが、その定義からして、作家たちが戯れている芸術上のネットワークの戯れそのものを引き起こすという事実に対する重大な無知(26)」に等しい。そうした場合、隠喩は「意識的であれ、無意識的であれ、作家たちの芸術の内部において、自身にインスピレーションを与えるような隣接した芸術における構成要素に多少なりとも類似した形式上の構成要素を(再)構成する(27)」のである。たとえば、この批評家が強調するように、「かろうじて音楽作品の本質的特徴である反復という現象に(28)」与している文学作品は、音楽としての性格を帯びた反復や変奏の構図の数々を提示することもある。これは『ジャン・クリストフ』や『ファウスト博士』のような長大な小説に見られるケースであり、そこに示されているのは、作品を理解しやすくするための長い周期での反復やモティーフ――ロランにおける大河やマンにおける悪魔のようなモティーフ――である。モティーフの繰り返しは、作品の構造に〔読者が〕参与するに足る深みを帯びており、その意味においてモティーフは〔ヴァーグナー的な意味での〕ライトモティーフと結びついているのである。

特定の短い形式――クノーの『文体練習』が想起される――であっても、音楽に近い反復や変奏の構図が見られるが、これは詩にも音楽にも、ただ同じことを反復するのではなく言い直す力がある[29]からである。この点において、ベルンハルトの小説は反復への偏執の極端な例であるが、これはテリー・ライリー、ライヒ、グラスのような作曲家によって体系化された偏執でもある。[30]ベルンハルトの作品で「破滅者」の異名をもつ登場人物は、グールドの演奏で〔バッハの〕《ゴールドベルク変奏曲》の最終変奏に続く卓越したアリアの演奏を聴き、突如として極度の動揺に襲われるが、そこから波及して、この人物が覚えたショックに基づいた一連の変奏が引き起こされる。音楽への参照は、このようにパロディ的な操作の対象となる。「変奏された主題」の構造に応じたバッハの作品は、〔音程が上行する〕漸増の原則に基づいて作られているのに対し、そこから生じた〔『破滅者』の〕文学上の変奏は、逆に漸減の原則に従っている。これは作品のタイトルが示すように、破滅への方向に一致しており、したがって逆行する変奏の例を提供しているのである。

「声の小説」

「声の小説」というカテゴリーに属するのは、音楽的な虚構作品というよりはエクリチュールに声を与えようとした作品であり、「音響的書物《リーヴル・ソノール》」を夢想したサンドラール、「声の調子《トン》」への探求に取りつかれたパンジエ、そのエクリチュールが「内密の-会話（sous-conversation）」を形成しているサロート、あるいは「語られた-フレージング（phrasé-parlé）」の様式化に努めたデュラスといった作家たちによるものである。[31] ジャン=ピエール・マルタンはこの点に関して、相対立する美学上の方向性を二種類に区別する。それによれば、一方には、それぞれ異なるありように基づいたものにせよ、「私-声（moi-voix）」を演出することに賭け、「かつては小説が、現実との錯覚を起こそうとしたような方法で、声との錯覚を与え」ようとするルイ=フェルディナン・セリーヌやデュラスからフィリップ・ソレルスへと至る傾向があり、もう一方には、声に至高の価値を置くことを「聴覚を-だますこと」[32]〔*25〕だと告発し、そうした価値づけを再検討に付そうとするクノー、ベケット、パンジエ、あるいはサロートのような作家たちの傾向がある。このように、エクリチュールを発声化《ヴォカリゼ》しようとする欲望は、セリーヌの「口に出された、攻撃文書的な声」から、ベケットの「途切れがちで、かすれて、ぼんやりとした声」へと変化していくのである。[33]

こうした欲望の出現は、当然ながら二十世紀特有のことではないが、それ自体は技術革新に伴う文学の音響化という潮流に属している。この技術革新は、たとえばデュラスの音声資料が示すように、「音声《フォノ》的テクスト」や「協和音《パラフォノ》的テクスト」が次々に生まれるきっかけとなった。とくにベケットをはじめとする他の小説家では、むしろそこからまったく反対の結論を引き出して、マルタンが呼ぶところの「メディア的、また拡声器的なものがあふれだす時代(34)」への敵意を示したが、彼らが強調するのは、キニャールが『音楽の憎しみ』において行なったように、デシベル〔音響レベル的なもの〕が席巻する危険性である。つまり、「耳を重視する小説家」の特性は、電波で飽和した世界で常軌を逸した自分の声を何としてでも聞かせようとするところにある、というのがその主張である。

最後に挙げられるのは、声によるエクリチュールの横断が、セリーヌの表現に従えば言語を「ジャズ化する(jazzer)」意志に一致するという点である。この意味で、先述したような「ジャズ・イディオム」を文学的に転用するという仮説に基づいた探究のなかにみずからを連ねるマルタンは、ルイ・アームストロングが音楽で発明した「スキャット・シンギング」の時代と小説的なエクリチュールにおける「スカズ(skaz)」の時代を比較する。ロシア語で「書かれたものよりはるかに語られたものの特性を備

＊25 原語は「視覚を-だますこと」を意味する trompe-l'œil(だまし絵、見せかけ)をもじった trompe-l'ouïe である。

えた」語りのジャンルを示すこの「スカズ」という概念のなかに、マルタンはある「合成語」を見出している。それは「物語の外部（hors-récit）と意味の外部（hors-sens）のぎりぎりのところに位置している音響的な語への愛を示す「スキャット」であったり、リズムとテンポへの愛を示す声の小説におけるジャズであったり、さらには、口述化された、独白化されたフィクションへの愛を示す「スカズ」そのものであったり」するのである。[35]

第三章　詩と音楽の諸関係

詩と音楽の諸関係の問題を論じる場合、詩において音楽的主題が現われていたり詩作品のタイトルに音楽〔音響芸術〕への参照がしばしば見られたりすること以上に、言語の音響的側面や音楽的可能性を詩人たちが利用していることについて検討せざるを得ない。こうした問いはさらに、作曲家によって音楽化された詩へ、また音楽と言語を結びつける「混交した」諸形式の問題へと関心を誘う。書誌的な観点からは、ニコラ・リュウェの『言語、音楽、詩』[1]はこの領域において第一に参照すべき著作の一つでありつづけている。第二章で「歌の詩学」[2]について扱っているバケスの著作『音楽と文学』、ならびに音楽とテクストの関係に目を向けているアンドレ・ウィスの『フレージング礼賛』も参照できよう。後者によれば、「言葉と音楽とを結合させる」声楽作品の場合にはその関係は「直接的」なものとなり、たとえばテクストが現われたり姿を消したりする交響詩の場合には「間接的」なものとされる。[3]

音響芸術、声、歌の参照

隠喩的な濃淡こそさまざまであれ、音楽に影響を受けたタイトルが付された詩や詩集は数多い。コクトー（『平調曲（単旋聖歌）』、『オペラ』、『アポジャトゥーラ』）、フィリップ・ジャコテ（『レクイエム』、『アリア』）、あるいは小説上の実験と詩的創造のあいだを揺れ動いているモーリス・ロッシュ（『オペラ・ブッファ』、『病的旋律』）のような作家においては、音楽的タイトルがとくに好まれたことを記しておきたい。これらのタイトルは、さまざまな音響芸術への参照がなされていることを示している。オルフェウスという神話的形象（リルケの『オルフォイスへのソネット』）、音楽家の守護聖人（クローデル「聖セシリア」）、作曲家や演奏家（ジューヴ「ベルクの墓」「キャスリーン・フェリアの声に」、サンドラール「Musickissme——エリック・サティに」〔*1〕）、楽器（フェデリコ・ガルシア・ロルカ「ギター」、ミショー「大きなヴァイオリン」）、速度用語（エルンスト・ヤンドル「アンダンティーノ」）あるいは調性用語（レオポール・セダール・サンゴール「長調のエレジー」）、ソナタ、フーガ、ロンドのような音楽形式、交響曲、弦楽四重奏曲、協奏曲、あるいはタルデュー（「イ短調のエチュード」）やヤンドル（「へ調のエチュード」）が目を付けた、教育的目的をもったジャンルであるエチュードのような音楽ジャンルといった具合である。

一般的に言って、詩は声、歌と最も重要な関係を保持しているが、これは声に出して読まれない場合や、シャンソンやリートなど[4]といった形式のもとに音楽化されない場合においても当てはまる。多くのタイトルが、さまざまな仕方で、声（プレヴェールの『ことば』）や歌（クローデルの『五大賛歌』や『三声による頌歌』、マリー・ノエルの『秋の歌と詩編』、あるいはクルト・トゥホルスキーの『敬虔な（あくまで自称だが――筆者注）シャンソン』）を参照している。もともと詩が口承されたり歌われたりした伝統を思い起こさせるものの、これらは必ずしも「抒情／楽曲のついた《リリック》」詩の系譜に組み込まれるわけではなく、二十世紀の詩における発声《ヴォカリテ》の重要性を示すものである。この観点からすると、クローデルやサン＝ジョン・ペルスのように、何よりもそのエクリチュールが声、呼吸、息と密接に結びついている詩人たちが思い浮かぶが、それだけでなく、さまざまな領域において、一方では音響詩に見られるテクストの発声化や[5]、また他方では「ビート・ジェネレーション」の詩人たちがブルースから受けた影響にも思いを馳せることができるだろう[6]。

＊1 Music kiss me「音楽よ、私にキスをせよ」と、形容詞や名詞の語尾について「きわめて、最高の」を意味する接尾辞のついたMusick-issme（最高の音楽）がかけられていると見られる。この詩はフランス六人組の一人ルイ・デュレが「サティへのオマージュ」（Hommage à Erik Satie）というタイトルで歌曲にしている。

言語の音楽的可能性の活用

詩人による、言語の音楽的可能性の活用は、当然ながら、二十世紀特有のことではない。詩の「音声的側面」は、ジャン゠マリ・グレーズが言及するように、「かねてより、音韻的・韻律構成的な特徴からして本質的なものであり、いわゆる抒情詩の「楽曲的・歌謡的」な現実感が失われたあとも存続した」[7]。それでも、おそらく二十世紀という時代は、その舞台となった多様な詩的実験によって、それ以前に比べ、言語のさまざまな音響的可能性を活用し、語の「音響体《コール・ソノール》」〔＊2〕を開発した。

確かに、「詩の危機」[8]の、またマラルメがその担い手の一人でもあった「詩的革命」の第一の犠牲となったのは、おそらくは音楽的現象としての脚韻であった。脚韻が同一の音響の予測可能な反復として定義され、また詩行末であることを示すことで詩のリズムに参与している限りにおいて[9]。しかしながら古典的な韻律法の崩壊は、自由詩や散文詩を含めた近現代の詩における音響性や発声的エコーの重要性と「規則的構成の価値」[10]まで滅ぼしたわけではない。実際、現代の複数の作詩法――二十世紀に行なわれた詩的実践の幅広さからすれば複数であることは免れない――がとりわけ拒絶するのは、規範的体系を反映した、拘束としての脚韻であるが、もし古典的な作詩法がもはや参照されるべき「作法《コード》」として使用されなくなったとしても、ダニエル・ルウェールが強調するように、詩人たちにとって作詩法は今なお「技法の目録」なのである。したがって、「ある者は韻律的な詩を用いるが、脚韻は放棄する。またある者は脚韻を用いるが、それは自由詩においてである(11)」。

加えて、幾人かの詩人たちによって強調された「音楽的モデル」は、詩の危機に対する一つの「特効薬」として提示されることがあった。たとえばミシェル・フィンクは、ジューヴとイヴ・ボヌフォワに関して、彼らが「言葉が負った痛手を、音響的な素材との接触によって治癒したこと(12)」について述べている。ジューヴにとってはおそらくピアノの即興演奏を熱心に実践していたことがエクリチュールの予備教育的な役割を果たしており、また他方では、ボヌフォワがシュルレアリスム運動と断絶したのはその音楽とのかかわりに関係があったというのである。「私がシュルレアリスムを去ったのは、私が「音楽的に」しか書くことができなかったからなのだ」と、この詩人〔ボヌフォワ〕は一九九〇年に『メルキュール・ド・フランス』誌に掲載されたあるテクストで説明している。ブルトンのおかげで、現実的なものを詩のなかであまりに安易に「音楽化」することの危険性に対して警戒できるようになったことは認めながらも(13)。

言語の音楽的可能性について語れば、不可避的に音と意味の関係について問うことになる。擬音語《オノマトペ》に

＊2 「音を出すあらゆる物体」を指すジャン＝フィリップ・ラモーの用語を踏まえたもの。

意味を与えようとする伝統的な見地や、模倣的諧調(14)という概念の恣意性を思い起こすことができよう。後者は、マラルメが「詩の危機」において激しく攻撃した概念である。「不透明な音色をもつ影《オンブル》という語の傍らにあっては、闇《テネーブル》という語は少ししか暗くならない。さらに、昼《ジュール》に与えるのにあたかも夜《ニュイ》に与えるかのように、矛盾して、前者には暗い音を、後者には明るい音を与える歪曲を前にすると、何と裏切られた気分になることか(15)」。自由詩にかかわる論争においてマラルメと対立したルネ・ギルによる『語論』〔＊3〕において前景化する「言語の器楽編成」という概念に現われるのは、この恣意的な性格である。音を楽器に結びつける（「ハープにはaé、oéとin［…］、ヴァイオリンにはsとz［…］、金管楽器には激しいrを」）ギルは、詩的言語の音楽化を提唱する。「言語の器楽編成は、語に響き、高さ、強さ、方向の特徴を決定づけることで、言語のなかの音声的価値の再統合を要求する。そして、もし詩人が語を使って考えるのだとしても、詩人はそれ以後、語の原初的かつ完全な意味に再び恵まれた語によって、一つの音楽としての言語のなかの、音楽としての語によって考えることになるだろう(16)」。

言語の脱-意味論化とエクリチュールの音声化の試み

「その詩の足元に音楽を据えない〔ユゴーが残したとされる言葉に由来している〕」ことを求めていたマラ

ルメにとって、詩とは本質的に〈音楽〉そのものだった。「〈音楽〉が、万物に存在する諸関係の総体として、充満と明証性をもって、結果として生じるのは、明らかに金管、弦、木管の基本的な音響からではなく、絶頂に達した知的な言葉からである」[17]。この観点からすれば、詩的言語の「音楽化」について語ることは不適当だとしても、実験的性格をもった詩は相当程度、言語の音声的側面により高い価値を与えることで、それぞれの仕方で音楽からその「富」を奪還することに結びついていたとは言えるだろう〔*4〕。ジャン゠マリ・グレーズは、この点に関して、「あらゆる中間的な実践があることを認める」と述べながらも、二つの極の区別を行なっているが、その一方は「音声詩（音、擬音語）、さらには騒音詩のような無‐意味論的、あるいは下部‐意味論的な極」であり、他方は「意味論的な極、すなわち、書き留められているかどうかにかかわらず「言語」に即したテクストであるが、その意味（さらにいくつかのケースにおいては本質的なもの）の一部分が、技術的な補助物（マイク、アンプ、テープレコーダー、ビデオなど）の有無にかかわらず、日常言語の音楽的要素（音色、音の大きさ、テンポなど）を活性化することを通して、その聴覚的具現化に依存している極[18]」である。

---

*3 マラルメが序文を書いており、これが「詩の危機」の元原稿の一つとなった。
*4 先のマラルメの「詩の危機」の引用の直前に、「単に私たちの富を再び〔音楽から〕奪還する技術を追求するというところまで私たちは来ている」というくだりがある。

さまざまな脱-意味論化の試みが、一つ目の極に相当する。すなわち、(バル、シュヴィッタースの)音声詩や、イズーのレトリスム運動の二つはそうした実験の例であるが、これらはそれによりエクリチュールの音響的飽和状態に達し、擬音語的な一つの「音楽」に変貌している。イズーは、その詩においてはっきりと、テンポ(「アンダンテ」、「アレグロ」、「レント」など)、休止(「束の間の休符」)、トーン(「粗野な」、「荒涼たる」、「悲愴な」など)の表示に訴える。エスカルが強調するように、「テクストの音響的側面に対する特権化によって、言語は音楽と同様に象徴的な機能を付与される(象徴的なものとは、記号あるいはイマージュへの「凋落」に抵抗するものである)。すなわち言いあらわすことのできない言語の意味こそがその表現形式なのだ」[19]。こうした音楽が、音声化されていない音(「吸気」、「呼気」、「うめき声」、「くしゃみ」、「舌打ち」、「ぱちぱち音」、「唾棄」など)も含めてあらゆる種類の音を対象とするという事実から、私たちはエクリチュールの発声化への意志に属する二つ目の極へと導かれる。

この発声化への配慮は、音響詩のさまざまな形式においてさらに可能性を含むもので、ピエール=アルベール・ビロをその先駆者とする「叫び、踊る詩」や、ガイシンの「置換」、デュフレーヌの「叫びのリズム」、ショパンの「聴覚詩」、ハイツィックの「行動詩」、あるいはジュリアン・ブレーヌの元素詩が思い浮かぶ。音響詩は、意味論的な参照対象を失うことが頻繁にあるにせよ、必ずしもつねに言語それ自体の脱-意味論化のプロセスを見込んでいるわけではなく、何よりもまず詩を声にすることを切望している。公の場での朗読のあいだに詩の「直接的推進」を選び、また自分自身の声を増大させてそこから多声的効果を創りだすために電気音響的な道具を用いるハイツィックは、音響詩人の務めを「ページからテクストを奪い取り、紙という、幾世紀もの重みをもったこの基底材からテクストを引きはがし、一瞬で、そして生のままで聴衆にテクストを投げつけること」[20]であると主張する。したがって、詩は単なる音響的物体《オブジェ・ソノール》〔シェフェールの提唱した概念〕ではなく、身体をそっくり巻き込む一つの事実として考えられる。この意味において音響詩は、身体を考慮するという点で、また生身の詩的な言葉が暴力を露呈しうるという点で（たとえばブレーヌが怒号を上げて詩的テクストを読み上げていることを想起されたい）、「神の裁きと訣別するため」と題された自作のラジオ詩を朗読したものの二十年以上の放送差し止めにあったアルトーのような人物に再び合流するのである。

　別の面で、エクリチュールの発声化という問題系が際立たせるのは、マルグリット・ユルスナールが翻訳に取り組んだ黒人霊歌の世俗版としてのブルースが[21]、二十世紀のアメリカ文学に対して、そしてケルアックの『メキシコ・シティ・ブルース』〔*5〕のビートの利いた性格が示すように、とりわけビート・ジェネレーションの詩人たちに対して与えた影響である。「音楽におけるジャズは文学における詩に相当する」と考えるクロード・エルサンが、「デューク・エリントンをヴェルレーヌに、マイルス・

---

*5『ジャック・ケルアック詩集』（アメリカ現代詩共同訳詩シリーズ）池澤夏樹・高橋雄一郎訳、思潮社、一九九二年。

デイヴィスをオスカル・ミロシュに、モンテローズをバンジャマン・ペレに」結びつけたり、あるいはポール＝ルイ・ロッシが「モンテローズをポンジュに、チャーリー・パーカーをマラルメに、バップ運動をダダ運動に、スキャットをレトリスムに、コルトレーンをアルトーに、エリントンをルヴェルディに、〔チャールズ・〕ミンガスをミショーに、オーネット・コールマンをエメ・セゼールに、〔ソニー・〕ロリンズをツァラに、ジャズの即興演奏を自動筆記に」対応させたりといった、恣意的な比較が批判されたとはいえ、ジャズと詩には実質的な関係が確かに存在する。フランソワ・ヴァロルブの『カルト・ノワール』のようなジャズに影響された詩集もさることながら、たとえばコクトーが、一九二九年に詩集『オペラ』をダン・パリッシュのジャズ・オーケストラを従えて朗読した際の、あるいはルヴェルディが、一九三七年にトランペット奏者のフィリップ・ブランとギタリストのジャンゴ・ラインハルトとともに「機密費」[22]と題された詩を録音した際の、詩と音楽の独創的実験が示しているように。

詩の音楽性から音楽化された詩へ

前章で最後に挙げた例から、音楽と言葉を結びつける「混交した」形式という枠組みのなかで詩人と音楽家のコラボレーションについて考えてみたい。二十世紀において音楽化された詩の例は、当然ながら枚挙にいとまがない。まず、オーストリアとドイツの伝統である歌曲《リート》が思い浮かぶが、シュトラウスは二十世紀半ばまでこの伝統を保持しつづけた。ヘッセとヨーゼフ・アイヒェンドルフの詩に作曲された《四つの最後の歌》は、ロマン主義的歌曲《リート》の終焉を刻印づけていると言われている。しかしながら、ウィーン楽派の作曲家たちは、そこから根本的に背を向けたわけではなかった。たとえばシェーンベルクはゲオルゲの詩に、ヴェーベルンはトラークルの詩に、ベルクはアルテンベルクの詩に基づいて数々の歌曲集《リーダー》を書いた。とはいえ音列技法は、この歌曲《リート》というジャンルをもともとのルーツである民謡から引き離していく洗練された作品を生み出すきっかけとなったし、作曲家がシュプレッヒゲザング（「語る歌」）、シュプレッヒメロディー（「語る旋律」）、またウラジミール・ジャンケレヴィッチによれば「正しく歌うことと間違って歌うこととの区別がもはやつかない、絶対的に客観的かつ具体的な音楽が目指している臨界[23]」を成しているパルランド（「話すように」を示す発想標語）あるいは「無調的語り」に訴えるようになった時点で、歌曲《リート》について語ることがもはやできなくなったのは確かである。

当然、とりわけヴェルレーヌ――『艶なる宴』と『言葉なき恋歌』からドビュッシー、ラヴェル、ガブリエル・フォーレは歌曲《メロディ》を書いた――やマラルメ――「ため息」や「あだなる願い」はドビュッシーとラヴェルの双方の創作意欲を刺激した――の詩に付曲した二十世紀初頭のフランス歌曲作曲家のことも思い浮かぶ。六人組の作曲家のなかでは、アポリネール、アラゴン、デスノス、エリュアール、ジャコブなどの詩に作曲したプーランクの名前を外すわけにはいかない。最後に、現代の声楽曲は、あくまで折衷的かつ断片的に文学に依拠することが多いとはいえ、音楽と詩の出会いという意味で数多くの例を提供している。ブーレーズが、マラルメやシャールの詩を出発点に取り組んだ作曲のみならず、ルトスワフスキの作品〔《アンリ・ミショーの三つの詩》〕、あるいはエリュアールやボヌフォワのテクストから影響を受けたポール・メファノの作品〔《マドリガル》、《寓話》〕もそのことを示しうるだろう。

《抒情的散文》におけるドビュッシーのように自分自身でテクストを書いた作曲家や、『カンテ・ホンド』の数百の詩に伴奏を付けたロルカのような詩人兼音楽家のような特殊なケースは、レオ・フェレ、ジョルジュ・ブラッサンス、ヴィアンのようなソングライターのように、明らかにシャンソンの分野で目立っているが、そうした二重の役割がありはするものの、彼らは〔先行する〕詩人たちの声にも大いに耳を傾けている。たとえば、ブラッサンスはヴェルレーヌの詩「コロンビーヌ」〔『艶なる宴』収録〕をシャンソンにするときに、その一詩句「ド、ミ、ソ、ミ、ファ、みなが行き交い、笑い、歌う」[24]からたどることができる旋律的な足跡を利用している。エディット・ピアフのような歌手たちに関して、彼らが歌うテクストの文学的価値はほとんどなく、電話帳を歌にしたのだとしても同じ程度に聴衆をひきつけたことだろうなどと言われたこともあったが、音楽と〔文学的〕テクストのあいだには月並みとは言えない結束関係が存在するのは確かであり、それはフェレがボードレール、ランボー、ヴェルレーヌ、マラルメをテーマにしたアルバムを制作したり、アポリネール、プレヴェール、クノー、アラゴンのテクストをシャンソンにしたりしていることからも分かる。他の現代詩人に比べると歌曲作家には〔テクストとして〕選ばれることが少ないアラゴンは、その反面で最も〔シャンソンとして〕歌われた詩人であるが、それはおそらく、シャンソンにされる対象になることはめったにないシャールやヴァレリーにひき換え、アラゴンの詩が抒情詩のモデルにより近いところにあるからと思われる。

音楽とテクストの結合――結束と対立

ドイツ歌曲、フランス歌曲、シャンソンのいずれであれ、「混交した」諸形式において問題とされるのは、とりわけ「あらゆる種類のずれ、両立、相互補完性を経由して、痙攣から矛盾へ[25]」とたどり着くことのある、音楽と言語の結合に関することである。実際、リュウェが強調するように、詩を歌にすることは、一つのシステムを別のシステムと同一視することではなく、音楽上のシステムとテクスト上のそれとを同時に実現し、そのあいだに弁証法的関係を打ち立てることなのである。「もし音楽が一つの全体を構成するのであれば、その意味はもう一つの全体をなす詩の持つ意味とは根本的に異質なものである以上、［…］音楽と詩〔の結合〕はともに、その意味がさらにまた別のものとなる、より広範な全体性を引き起こす[26]」。

二十世紀初頭のフランス歌曲は、作曲家たちの関心が、詩人がたどった行程を忠実にたどり、彼らのテクストを誠実に尊重し、音楽とテクストの力の数々を一体化することにあったことを示している。ミシェル・ビジェは「ドイツ歌曲にならって、フランス歌曲は詩と音楽の非合理的な融合にこだわりつづけており、両者に隠れた親近性があることを主張している。同じ精神的現実から生まれた二つの解釈が、公平に保持されている。すなわち、音楽は単なる詩の補助物ではなく、文学テクストもまたその分節言語を音楽的言語に差し出すに甘んじない(27)」。

音楽と詩はおそらく、互いの類似性もあって、つねに結束していると同時に敵対しており、テクストと音楽はあるときは瓜二つの兄弟、またあるときは反目し合う兄弟のような姿を見せていた。したがって、作曲家が用いるテクストと作曲家みずからとの関係は、現代音楽においては「精神と文字の尊重からテクスト的な素材の根本的な転覆に至るまで」、「説明、倍加、統合しようとする努力」から、「言語的素材の増殖によって、この素材を複数の線〔五線譜〕に配置することによって、テクストの脱構築あるいはエクリチュールの分裂によって、テクストをその数々の音素へと縮減することによって、意味を消去しようとする漠たる意志(28)」に至るまで、さまざまである。言語が音楽によって丁重に遇されることがある、あるいは「不当な仕打ちを受け(29)」ることがあるという事実、すなわちこの二つの構成要素のあいだに起こりうるのが結合のみならず分離でもあるという事実は、相互補完性のみならず力のせめぎ合いという発想でテクストと音楽の関係に向き合うことを促される。

こうしてブーレーズは言語の器楽編成に導かれ、マラルメやシャールのテクストに想を得たその作品のなかで、もはや単なる詩の音楽化のほうへではなく、テクストの適合化、再構成〔再作曲《ルコンポジシオン》〕、音楽的な再創造といった現象へとおもむく。その〔言語と音楽の〕拮抗関係は、形式という土壌において行なわれる。「尊重されるのは構造であって詩の意味ではない」とフロランス・フィクスは書く。「マラルメの信奉者であるブーレーズが同意するのは、諸形式への服従、詩の根底にある数々の動機への服従に対してであって、詩の直接的なわかりやすさに対してではない[30]」。ブーレーズは詩の模倣《ミメーシス》ではなく、模倣とはむしろ競合する、解釈の一形式を提示するのである。「以下のことを率直に問うとしよう」と「音と言葉」で彼は書いている。「仮に解釈が完璧なものだとすればだが、「〔ある音楽作品を〕まったく理解できない」という事実は、その作品が良いものではないことを示す絶対的な、無条件のしるしであろうか［…］。テクストを「理解」したいのなら、ただそれを読むがよい。あるいは「最善の解決策などないのだ」と誰かに語ってもらうがよい。いまあなたに提示されている、より鋭敏な仕事は、すでに獲得された詩に対する認識を前提とするものである。「音楽における読解」など私たちは拒絶しようではないか[31]」。

現代におけるいくつかの実験において、言葉と音楽の力関係は、結果的にテクストの極端な断片化、さらには解体へと達する。ジョジアーヌ・マスはこう書く。「語が断片化されていくことで、声は言語に対する自律への夢によって陶然とし、奔放に振る舞う一方、テクストはみずからの当初の意味と中央集権的機能を失ってゆく[32]」。とりわけルチアーノ・ベリオの作品はこの細分化の美学を表わすものであり、さらには多様な参照対象や使用言語を折衷することがしばしばその特徴とされる。テクストのわかりやすさへの配慮を放棄したこの作曲家は、《セクエンツァⅢ》でテクストの脱構造化を助長する多岐にわたる手法（母音唱法、間投詞、感嘆、ささやき、かすかな震え、どもり声、高笑いなど）に訴える。《シンフォニア》において、彼はバッハからプッスール、クロード・レヴィ＝ストロースからベケットに至るまで、さまざまな音楽的、またテクストの引用を混ぜ合わせ、《テーマ》（「ジョイスへのオマージュ」という副題がある）では、あらかじめ吹き込まれた女性による英語、フランス語、イタリア語での朗読によるジョイスの『ユリシーズ』の抜粋に基づき、「「音楽や詩として聞こえるように」断片を「操作」し、「その断片がはらむ音楽的可能性を引き出し、出現させ(33)」ようとしている。

音楽と言語の類似性

テクストと音楽のあいだで引き起こされる対立や、両者が結束した結果として生じる緊張は、結局のところ、両者には原初的な共通項——リズム——があるにもかかわらず、それぞれ固有の特性を持つ二つの記号論的システムがライバル関係にあることを浮き彫りにする。音楽《ミュジーク》とは、ギリシア語では「ミューズたちがつかさどるあらゆるもの、リズムに属するあらゆるものであり、したがって当然のことながら詩、舞踊、また元の語の範囲が狭められたいわゆる音楽」[34]を指すが、それにもかかわらず両者は固有の特性を持つのである。この両システムは交換不可能である。「音楽的なフレーズ〔旋律線の自然な区切り〕の等価物となりうるようなフレーズ〔文〕というものは存在せず、テクストは音楽そのものを再現することはできない。翻訳はありえないのだ[35]」とベアトリス・ディディエは言う。音楽と言語の接近が、「結局は両者の還元不可能性と反発を露わにするのだとしても――あるいはそれゆえに――[36]」必要とされるのはそのためである。

両システムを区別するのによく引き合いに出されるのが、記号表現《シニフィアン》と記号内容《シニフィエ》の区別である。エスカルは書く。「言語としての言語は意味を伝達する。それは他動詞的であり、道具的である。それに対して音楽は、「逐語的」、「逐文的」には何も語らない。記号内容の面を持っていないのだ[37]」。しかしながら、音楽の「自動詞性」に対しては慎重であらねばならない。「確かに音楽は記号内容の分節化された面を持たない言語である。しかしながら、音楽には意味、感情的内容が欠けているわけではない[38]」。音楽は言葉《パロール》では不完全にしか表現できないものを説明する力があるとして、欠如を豊かさへと変えようと主張する傾向もある。「言葉が欠けたところで音楽は開始される。そこで語は停止し、人間はもう歌うことしかできなくなる」とレオシュ・ヤナーチェクは主張する[39]。『音楽と筆舌に尽くせないもの』で、ジャンケレヴィッチが撞着語法によって「無表情のエスプレッシーヴォ」〔「表情豊かに」を表わす音楽標語。同書第二章のタイトルでもある〕と述べる音響芸術は、いわば卓越した記号体系《アルファベ》を成しており、キニャールが『舌の先まで出かかった名前』で提示したテーゼがほのめかすように、音楽は「言語の機能不全」[40]と密接にかかわっている。

結局のところ、音楽と言語の類似性は、厳密には極端なケースにおいてしか存在しない。それは、マラルメにならって言うならば、音楽が不当にわが物とした「富」を詩が音楽から取り戻すとき、あるいは反対に、詩のほうが簒奪者なのだと考えるとすれば、音楽がその「富」を詩から取り戻すときにおいてのみである。別様に言えば、人がエクリチュールの「脱-意味論化」、あるいは音楽の「意味論化」に直面し、それが一つのオマージュとして感じ取られたときにおいてのみである。それは、エスカルが書くように、「詩人たちが、自分たちにとっての最終目標《テロス》、あるいは見果てぬ夢であるような音楽に捧げるオマージュ」であり、「音楽家たちが、その音楽的可能性を踏査し、拡張するような言葉《ロゴス》に［…］捧げるオマージュ」[41]なのである。

第四章　演劇とオペラの領域

演劇における音楽的テーマ群から音楽の劇作法的な機能へ

音響芸術から影響を受けた小説や詩が存在するのと同様に、さまざまな演劇作品が音楽を取り入れている。たとえば、パニョルには『ジャズ』と名づけられた戯曲があるし、ウジェーヌ・イヨネスコの「反‐戯曲」〔＊1〕では禿の女歌手はひそかに言及されるだけの不在の中心にすぎないとはいえ、ジャン・アヌイ（『オーケストラ』、『オペラの舞台監督』）、タルデュー（『ソナタと三人の紳士』〔＊2〕）、デュラス（『ラ・ミュジカ』〔＊3〕）、あるいはフランソワーズ・サガン（『時おりヴァイオリンが……』〔＊4〕）の

＊1 戯曲『禿の女歌手』の副題となっている。『授業・犀（ベスト・オブ・イヨネスコ）』諏訪正訳、白水社、一九九三年。
＊2『ジャン・タルデュー選集』大木久雄訳、青山社、一九九五年。

ような作家には音楽に影響を受けた戯曲がある。ドイツ語圏文学においても、二十世紀初頭におけるヴェーデキント『音楽』、バール『コンサート』、カイザー『オペラ座の火事』から、ベルンハルト『習慣の力』、イェリネク『クララ・S』、あるいはパトリック・ズュースキント『コントラバス』〔＊5〕といった現代戯曲に至るまで、さまざまな例がある。

ただし、演劇という領域が音楽と文学の交流に適した場となるのは、それがとりわけ種々雑多な作品を含む場合である。演劇は、その形式こそさまざまだが、断続的に用いられる場合、あるいはたとえばミュージカルのように連続的に用いられる場合を問わずして、しばしば音楽の助けを借りる。音響芸術の劇作法的機能——音響効果から厳密な意味での音楽に至るまで変化を見せる——はさまざまである。つまり、音楽は「聴覚的大道具」の配置によってある雰囲気を作りだすために役立ちうる。音楽は演技が中断されているあいだに演出を際立たせたり、アイロニカルに筋を注釈しながらブレヒトの「ソング」が作りだすような「対位法」的効果を生み出すこともできる。さらに、とりわけ音楽的な身ぶりの演劇性を活用する楽器劇《テアトル・アンストゥルマンタル》〔本書第一部第三章の「「ハプニング」から音楽劇へ」を参照〕において音楽は、「舞台音楽という下女的な機能」を超えて、音楽それ自身が筋の中心となる[1]。

音楽の劇作法的機能は、当然ながらラジオ演劇の領域で中心を占める。そこで音響芸術は、音響効果の多様な潜在能力を利用し、舞台という視覚的な次元が存在しない状態のなかで、「電波上の舞台」へと変貌した一つの舞台空間を聴覚的に形作る役割を引き受ける。フランスでは、ラジオによる実験に魅了された作家、音楽家、演劇人がシェフェールのもとに集った。サロート、デュラス、あるいはパンジェは音の詩学という特殊な要請に応えるエクリチュールの練り上げに従事し、ペレックとフィリップ・ドロゴーズの『タークシュティメン』（直訳では「昼間の声」）、あるいはビュトールとケーリングの『コールセンター』のような作品が示すとおり、ラジオは作家と作曲家のあいだに新たなコラボレーションのありかたを生み出した。(2) さらには、ラジオ文学について言及するならば、「ヘールシュピール」（直訳では「聴く遊び」。ドイツで発生し、ヨーロッパに浸透したラジオ音響芸術作品）というジャンルを参照せずに済ますことはできないだろう。このジャンルでは、シュネーベル、ゲルハルト・リューム、ヴィンコ・グロボカール、カーゲルが群を抜いた存在である。カーゲルにとって「ヘールシュピールは音楽のジャンルでも文学でもなく、ただ単に内容不定の聴覚的ジャンル」である。このことは、その作品の一つに与えられたプログラムのタイトルが「Rrrrrr...」であることからも分かるだろう。

＊3『デュラス戯曲全集』第一巻、安堂信也訳、竹内書店、一九六九年。
＊4 安堂信也訳、新潮文庫、一九七六年。
＊5 池田信雄・山本直幸訳、同学社、一九八八年。

オペラの詩学

ラジオ演劇と音楽劇は、音楽と文学の関係を探る研究においては特権的な領域であるオペラという主要ジャンルに比べれば二次的なものに思われるかもしれない。スリジー〔＝ラ＝サル〕での討論会「文学とオペラ」[3]や、音楽とテクストの諸関係にまつわる研究グループによる討論会「台本、心ならずも」[4]の記録がそのことを示している。テクストと音楽のみならず、舞台空間、歌手たちの身ぶり、舞台装置などが組み合わされるオペラは、多数の記号論的なシステムを必要とする一つの「混交した形式」である。批評家にとっては、舞台芸術、およびさまざまな構成要素を持つオペラという現象のあいだの相互作用を把握するということも重要となる。現在のところ、詩学研究者たちが保持している観点は、少なくともこうしたことに関するものである。たとえばイザベル・モアンドロは、『オペラの上演――詩学と劇作法』[5]において、嘆くべきはこれほどの多数性を前に尻込みしたこれまでの批評が、こうしたさまざまな構成要素をしばしば別個に扱ってきたことであるとして、上演空間をその総体として説明することができるようなオペラの詩学を打ち立てる必要性を示す。

オペラについての研究動向は、論集『演劇における劇作法と諸芸術とのコラボレーション』[6]において明らかにされたが、それは時代に沿って生じた二つの方法論的傾向、すなわち「スコアと台本の研究のみを中心とする伝統的手法と、上演される作品のあらゆる構成要素を考慮に入れた、より現代的な潮流[7]」を区別することを促している。このような路線変更が生じた主要な理由の一つとしては、疑いようもなく二十世紀演劇史において演出家――パトリス・シェロー、ラベッリ、アントワーヌ・ヴィテーズ、ヴァルター・フェルゼンシュタイン、ジョルジョ・ストレーレル、ピーター・セラーズなどといった名前を想起されたい――が重要性を帯びるようになったことがある。そうした演出家たちがオペラのもつ資源を熱心に再投資したことで、ある種の解釈上の逸脱があったり、現代化を目指すあまり作品との齟齬をきたしているとして、演出家の「独裁体制」が云々された時もあったが、こうした時代におけるオペラの詩学は、必然的に劇作法的な探求を含むものである[8]。

二十世紀におけるオペラ演出から二十世紀のオペラまで

二十世紀における演出の飛躍的発展について触れることは、現代〔オペラ〕作品よりも、数世紀にわたって書かれてきた作品から着想を得る「レパートリーとなった」オペラのほうが隆盛したことを強調することになる。リシャール・ソメルセ＝ワルドは「二十世紀のオペラと二十世紀におけるオペラのあいだには区別が必要である[9]」と述べる。二十世紀を通じて上演されてきたオペラのレパートリーを検討するには、上演作品の選択のみならず、それらの受容〔史〕にもかかわる広範囲にわたる総括を要するが、それを行なうには本書の限られた紙数に余る。そのため、二十世紀のオペラにおける音楽と文学の交流に力点を置くとしよう。

二十世紀のオペラは、一方では、台本として過去の偉大な作家たちに範を求める。ギリシアやローマの作家（ホメロスに基づいたルイージ・ダッラピッコラの《ウリッセ〔ユリシーズ〕》、ソフォクレスに基づいたオルフの《アンティゴーネ》、ガイウス・ペトロニウスに基づいたブルーノ・マデルナの《サテュリコン》）、シェイクスピア（ジャン・フランチェスコ・マリピエロの《ジュリオ・チェーザレ》、エルネスト・ブロッホの《マクベス》、フランク・マルタンの《テンペスト》）、ミゲル・デ・セルバンテス（ジュール・マスネの《ドン・キホーテ》）、トルストイ、ドストエフスキー、あるいはゴーゴリ（プロコフィエフの《戦争と平和》と《賭博師》、ショスタコーヴィチの《鼻》）。しかし他方では、ダンヌンツィオ（ドビュッシーの《聖セバスティアンの殉教》）、スタイン（ヴァージル・トムソンの《私たちすべての母》）、あるいは現代の作曲家にも影響を与えつづけているコクトー（グラスの《オルフェ》、《美女と野獣》）のように、二十世紀の作家も多数参照されている。

ドビュッシーとメーテルランク、シュトラウスとホフマンスタール、ヴァイルとブレヒトのような最も著名なコンビの他にも、数多くの交流があった。とりわけストラヴィンスキーや六人組の作曲家が取り上げた作家として、たとえばアポリネール（プーランクの《ティレジアスの乳房》）、クローデル（ミヨーの《クリストフ・コロンブ》、オネゲルの《火刑台上のジャンヌ・ダルク》、コクトー（オネゲルの《アンティゴーヌ》）、ヴァレリー（オネゲルの《アンフィオン》、《セミラミス》）、あるいはジッド（ストラヴィンスキーの《ペルセフォーヌ》）がいる。これらの作品のいくつかから見て取れるのは、古代作品をモデルとすることへの特別な関心であり、そうしたモデルが急に再び浮上したのは、二十世紀のオペラが神話を批判的に研究する場でもあったことを示している。それと同時に、より遊戯的な領域にはなるが、アルフレッド・ジャリ、ジャコブ、タルデューの喜劇台本に言及することもできるだろう。最後に付け加えると、現代オペラは音楽家と作家のつながりを強固にしつづけた——ベリオとイタロ・カルヴィーノ（《真実の物語》と《耳をすます王》）、プッスールとビュトール（《あなたのファウスト》）、ジェルジ・リゲティとミシェル・ド・ゲルドロード（《ル・グラン・マカーブル》）、ジョルジュ・ドルリューとヴィアン（《雪の騎士》）、アンドレ・ボンとフェルナンデス（《ペルセフォーヌ誘拐》）などを思い出されたい。

文学作品の翻案

台本は、ブリュネルが強調するように、「転用の研究」への情熱を促すものである。「ダッラピッコラはサン＝テグジュペリの小説『夜間飛行』からいかにして音楽劇を創りだすに至ったのだろうか。カミルロー・レンドヴァイはサルトルの『恭しき娼婦』をどのように扱ったのだろうか？……」[10]こうした転用は、台本が作曲家と作家のあいだの共同作業から生まれた場合と、とくにテクストが過去の文学作品に想を借りて、台本が「心ならずも」音楽作品の練り上げに加担することになる場合とでは事情が異なってくる。前者の例がシュトラウスとホフマンスタールや、ドビュッシーとセガレン[11]、後者の例がベルナルダン・ド・サン＝ピエールの小説を翻案したサティの未完オペラ《ポールとヴィルジニー》や、ショデルロ・ド・ラクロの小説に基づいたクロード・プレの《危険な関係》、あるいはヴォルテールのコントに想を得たメファノの《ミクロメガス》である。

最後に挙げたオペラ〔《ミクロメガス》〕の台本では、コントは完全に忠実に写されている。同様に、デュカスの音楽コント《アリアーヌと青ひげ》は、メーテルランクの劇から採られたものだが、ほとんど変更は加えられていないし、ブリテンのオペラ《ヴェニスに死す》もマンの中編小説にきわめて忠実に沿ったものである。しかしながら、文学作品をオペラに翻案するとしばしば生じるのは、舞台上演という要請を受けて元の作品が変貌をこうむるという事態である。ラヴェルが幻想オペラ《ファンテジー・リリック》を作曲しやすいようにコレットが『子どもと魔法』で余儀なくされた修正がまさに示しているとおりだが、そうした修正の最も著名なものの一つは、ジェイムズの中編小説に対してブリテンが行なったものだ。ミニチュア的なオペラ《ねじの回転》において、幽霊に姿かたちが与えられるという修正がそれである。プーランクが音楽を付したベルナノスの『カルメル会修道女の対話』やコクトーの『人間の声』、あるいはベルクがオペラにしたビューヒナーの『ヴォツェック』のような演劇テクストになると、さらに込み入った問題になる。翻案がより複雑になるのは原作が小説だった場合で、たとえばカフカの小説に基づいて作曲されたゴットフリート・フォン・アイネムの《審判》やミシェル・ルヴェルディの《城》にいたってはなおのことである。

結局は、台本の文学的「価値」の問題を提起すべきなのだろうか。この「価値」の重要性はおそらく、オペラ作品がもつ総合的な価値に比べれば高くはない。テクストはあくまでオペラ作品の多数の構成要素の一つにすぎないのだから。ドビュッシーが『ペレアスとメリザンド』に音楽を付すことで、メーテルランクの劇には欠けていた奥行きを与えることに成功した一方で、ジャン・ジロドゥーの劇作品は逆に、ダニエル＝ルシュールのオペラ《オンディーヌ》の音楽によってむしろ割を食った格好になっている。しかし、この〔台本の文学的価値に関する〕問いは、より広範な問題意識、つまりオペラの受容や、さまざまな言語とオペラの歌唱との関係といった問題意識に結びつけるほうが適切だろう。実際、オペラは観客が必ずしも熟知していない言語で聴くように差し出されることにもなるが、字幕を使用してもこの問題の大した解決にはならない。何しろ音楽的には素晴らしい作品が、ただ聴いている分には台本の脆弱さを「ぼかしている」こともままあるのだから。その反面で、翻訳の使用は、オペラにおけるテクストと音楽の関係を分析する上では考慮に値するだろう。たとえばシュトラウスの《サロメ》は、作曲家がオスカー・ワイルドの劇作品の仏語版をドイツ語に翻訳させたものだし、ミヨーの《クリストフ・コロンブ》は、クローデルのテクストのドイツ語訳をもとに作曲されている。ストラヴィンスキーの《エディプス王》は、ソフォクレスに想を得たコクトーのテクストに依拠してはいるが、ジョン・ダニエルーによりラテン語に訳されたものである〔＊6〕。

オペラから音楽劇《テアトル・ミュジカル》へ――テクストのステータスの変化

とはいうものの、二十世紀はとりわけ、ジャンルの多様化による変貌がオペラの形式に生じたことを受けて、テクストのステータスについて思索するよう促された時代である。ダニエル・ピストンが強調しているのは、一九四五年以降、すでに使われている名称（オペラ、抒情劇《ドラム・リリック》、抒情《リリック》コント、抒情悲劇《トラジエディ・リリック》、抒情喜劇《コメディ・リリック》、抒情小曲《ピエス・リリック》、伝説曲《レジャンド》、音楽劇《ドラム・ミュジカル》）に加えて、「コンサートオペラ」、「シアターオペラ」、「ジャズオペラ」、「書簡体オペラ」、「電子音響的メロドラマ」、あるいは「SFオペラ」といったように、革新的傾向を浮き彫りにするような新たな用語が生まれたことである[12]。

オペラの形式の刷新がとくに起こったのが、伝統的なオペラの因習に対抗して柔軟な形式を求める音楽劇《テアトル・ミュジカル》である。カーゲルはオペラ《国立劇場《シュターツテアター》》において、そうした因習をパロディ化してみせる。「音楽劇」という表現は、オペラからミュージカル《コメディ・ミュジカル》にいたるまで、舞台上の筋立てと音楽を連動させるスペクタクルの総体を示しうるが、一九六〇年代からはとくに、実験的かつしばしばアイロニカルに、演劇上の筋と音楽の関係に修正を施すような音楽と劇のスペクタクル形式をも指すようになった。実際、音楽劇は音楽実践というものの劇作法的な潜在的可能性を利用したものであるが、こうした可能性はオペラがそれまで体系的には開発してこなかったものである。ここでいう修正とは、たとえば音楽家たちのステータスの修正――彼らはカーゲルの《試合《マッチ》》（パーカッション奏者が審判となってチェリストたちが行なう音楽的なテニスの試合）では舞台上の筋立てに参入するよう仕向けられる――、観客の役割の修正――観客もまた、発言するよう呼びかけられる――、テクストのステータスの修正――シルヴァーノ・ブッソッティの《サド受難曲》ではあとに続く筋立てを裏切るようなコラージュによって頻繁になされる――を意味している。

音楽劇はまた、批評家に対して研究手法の見直しを迫るもので、作品がもはや先行するテクストに従属せず、台本研究という伝統的な観点を失効させる場合にはとくにそうなっている。テクストと音楽の諸関係は、それらが絡み合った練り上げの対象となる場合は、いずれかの優位性という形で――

＊6　ダニエルーがラテン語に訳したのは歌唱のみで、語りの部分はフランス語だが、後者は上演された国の言語で朗読するよう指示されている。

「はじめに言葉《プリーマ・レ・パローレ》、次に音楽《ドーポ・ラ・ムージカ》」なのか「はじめに音楽《プリーマ・ラ・ムージカ》、次に言葉《ドーポ・レ・パローレ》」〔後者はアントニオ・サリエリのオペラ・ブッファのタイトル〕なのかといったように——問題提起することはもはやできず、その価値はむしろ低下してしまったのである。ダニエル・コーエン＝レヴィナスが「テクストの必要性は、二十世紀におけるオペラという問題においては、それが途切れることのない白鳥の歌であるという意味で意義深い点がある」[13]と主張しても、それは変わらない。だがテクストは、脱構造化の流れに服したとしても、実際には現代のオペラ創作に参与しつづけている。一九七〇年代以降に創られたオペラカンパニーのなかでも、ライン川オペラカンパニー、音楽演劇集団ＡＴＥＭ〔Atelier Théâtre et Musique〕、実験オペラカンパニー、あるいはペニッシュ＝オペラ〔運河に浮かぶ平底船のオペラハウス〕のように、リゲティやカーゲルの系譜を引きながら、おもに音楽的な身ぶりの演劇化や声という現象の探究に重きを置いた団体があるが、〔作曲家〕ミシェル・ピュイグがマイケル・ロンズデールと「スペクタクル実験センター」を立ち上げて（ルイス・キャロル〔のナンセンス詩〕に基づいた）「スナーク狩り」を作ったことが示すように、文学からの影響下にある団体もある。[14]

結論

音楽と文学の二十世紀という姿を提示するべく私たちが取り組んだ総括への試みは、その結論にあたって、用語のレベルにおけるいくつかの指摘を必要とする。「現代性《モデルニテ》」という概念はつねに、その包括的な特性からして二十世紀の多様な美学的傾向をカバーできるように思われるが、一方で、「新しい《ヌーヴォー》」という形容詞はさらに「抵抗の」一世紀、「前衛的な断絶の世紀」というイメージを際立たせている。(1)とはいえこの形容詞は、文学においては「ヌーヴォー・ロマン」のような肩書きをつけるためにしか使われず、アドルノによって理論化された音楽美学に依拠した「ヌーヴェル・ミュジーク」という表現も〔著書『新音楽の哲学』を指す。本書第二部冒頭参照〕、ステファヌ・ルロンがジョン・アダムズのような現代作曲家について語るときに使われたぐらいである。(2)これからは、現代性とポスト現代性の区別がどうしても必要になるというわけだろうか。

この用語の問題は、私たちの世紀を特徴づけた発展《エヴォリュシオン》や革命《レヴォリュシオン》を説明するのに「適切な」言葉を見出すこと——こう言ってよければ、音楽と文学の関係にまつわる至上命題——が困難であることを表わしている。二十世紀における音楽と文学の比較史は、同時並行的に変貌する形を取ることもあるし、一時的に交差するだけの形を取ることもある。つまり、両者の比較史は、さまざまな革命が生じる場であるが、それは段階を経て進むこともあれば、おそらくそうした段階的な進行と同等の価値を持ちながらも、それとは異なるやり方で到来することもあるということである。それは前衛芸術家たちが示すとおりであり、彼らは二十世紀を区切り、断絶を線引きし、その線を通じて断絶を浮かび上がらせた。文学における語りからの断絶、とりわけ音楽における調性の伝統からの断絶を。

二十世紀における音楽と文学の出会いが露わにするのは結局のところ、類似性のみならずこの記号論的な二つのシステムの特異性でもあり、それらのシステムは相互補完性というつながりのみに還元されることはない。その出会いは必然的にそれぞれに備わる特徴への問いなおしを暗に含んでおり、音楽と言語の諸関係を問題にすることを考慮せずして、また、一方では言葉に内在する音楽性に根拠を持ち、他方で音楽——無-意味論的なものと規定されることもあるにせよ、何ごとかを意味する傾向がある音楽——の持つ表現力に根拠を持つ、音楽と文学という領域の両義性を考慮せずして、その出会いは実現され得ないのである。

とはいえ、二十世紀は音楽と文学のあいだの交流が特権的に生じた場として表われてもいるわけで、その点では相互性を強調するのが適切である。音楽は文学創造を、また言葉も音楽創造を後押しする。ロランの『ジャン・クリストフ』に想を得た、シャルル・ケクランの交響詩《燃ゆる茂み》、あるいはヴェルコールの『海の沈黙』〔アンリ・トマジ作曲による同名のオペラを指す〕やフェルナンデスの『ポルポリーノ』〔＊1〕を元にしたオペラのように。小説家が音楽について語ることを、「小説を音楽的に扱うことへの無力さの徴候」として捉えた者もいた。(3) しかしながら、音楽に想を得た小説は脆弱さの結果としてではなく、むしろ一つの力強さの結果として生じているようにも思われる。ポートゥロが〔『忘れられた音楽』で〕説明するように、そうした小説は「アマルガムの美学」から生まれているのであり、その美学こそが力を生み出しているのである。(4)

多ジャンルにまたがる詩学は、〔ジャンル上の〕小説という文脈を越えて、二十世紀のあいだに多種多様な実験を引き起こしているが、それらの実験が目指したのは、「ある形式の、ある素材がたどる最終的な帰結を、その帰結が場合によってはそれ以上遠くへ進むことが不可能になるほどまでに探求すること」(5) である。そうした詩学は、沈黙の探求へと到達してしまうような限界体験に相当する。そのような探求は、ヨンケの小説『名演奏家の学校』において、音のないソナタという挿話によって描かれている。「シュライファーがいくらピアノの鍵盤に指を落としても無駄だった。絶対的に、何も聞こえなかった。［…］私たちが真に音楽を把握し、理解するのは――お判りいただきたいが――、私たちがもはや

＊1　一九七九年のエクサンプロヴァンス音楽祭で、十八世紀の音楽をコラージュして作成された。

何も、もはやまったく何も聞くことができなくなったときなのだ……」。[6] あくまで仮想的とはいえ一つの音楽作品を解釈する立場にまでその地位を引き上げられた読者がここで与えられているのは自由裁量の余地であり、それはジョイス、エーコ、ブーレーズ、ケージにとってはおなじみの概念に従えば、芸術作品を「開かれた作品」にするものである。そのケージはといえば、音楽作品のなかでも最も沈黙に支配された作品の作者であるが、本書を閉じるにあたり、その作品《4分33秒》をフェルマータ代わりに挙げておくとしよう。

訳者あとがき

本書は Aude Locatelli, *Littérature et musique au XXe siècle* (Coll. « Que sais-je ? » no 3611, Que sais-je ?/Humensis, Paris, 2001) の全訳であり、フランスを中心とした二十世紀ヨーロッパにおける、文学と音楽の諸関係についての概観書である。

全体は二部からなり、第一部は両者の諸関係について述べた通史、第二部は「音楽に想を得た小説」「詩と音楽」「演劇とオペラ」など、テーマやジャンル別にこの諸関係について論じたものとなっている。

少し細かく見ていくと、第一部は、二十世紀初頭から第一次世界大戦終結の一九一八年までを扱う第一章、大戦間期から第二次世界大戦終結までの一九一九年から一九四五年を扱う第二章、第二次世界大戦後から一九七〇年代頃までを扱う第三章、そして二十世紀最後の数十年を簡潔に論じた第四章からなる。ヨーロッパ、とりわけフランスにとっての二十世紀は、文学せよ音楽にせよ、さまざまな実験的な試みが次々に現われては他の方法論にとって代わられるというめまぐるしい変革の時代でもあった。本書はその中で、文学と音楽にどのような交差点が見出すことができるかという関心のもとに書かれているが、実は文学、音楽ともに主だった潮流（シュルレアリスム、ヌーヴォー・ロマン、レトリスム、音声詩、音列技法、偶然性の音楽、ジャズ、ポピュラー音楽、あるいはポストモダニズム……）のほぼすべてに、この交差点が――それはたとえば「アンドレ・ブルトンと音楽」のように、必ずしも幸福なものではない場合もあったにせよ――見出せる、というのが本書第一部における発見の一つである。十九世紀的な要素を色濃く引きずるオペラや演劇のような舞台芸術も、二十世紀という困難な時代にあって現代性との接点を探らざるを得なかったが、ここではその際にもつねにこの文学と音楽の交差点が問題となっているとされる。第一部から浮かび上がるもう一つの発見は、二十世紀においてはとりわけ、これらの交差点が社会や政治とのかかわりを抜きにしては語れなかったという事実である。この時代のヨーロッパにおいて文学と音楽が一定の関係を結んだ背景には、二つの世界大戦が未曽有の犠牲者を生み出したことや、全体主義や社会主義リアリズムに代表されるような、芸術と政治を考える上で主要な問題が存在したことも本書ではおさえられている。

第一部の読みどころは他にもいくつかあるが、とりわけ上記の交差点が、二十世紀において発展を見せたさまざまなジャンルに見出せることを示そうとする第二部が白眉ともいえ、なかでも興味深いのは、第一章における「二十世紀の音楽小説作品」のくだりで掲げられる、百年間に書かれた「音楽小説」のリストである。そこにはロマン・ロラン『ジャン・クリストフ』、ガストン・ルルー『オペラ座の怪人』、マルセル・プルースト『失われた時を求めて』、アンドレ・ジッド『田園交響曲』、マルグリット・デュラス『モデラート・カンタービレ』、フランソワーズ・サガン『ブラームスはお好き』といった、フランス語で書かれたいわゆる「定番」作品から、トーマス・マン『トリスタン』、アレホ・カルペンティエール『バロック協奏曲』、ニーナ・ベルベーロワ『伴奏者』、トニ・モリソン『ジャズ』など、既訳がありながらも作品としては知名度がさほど高くないもの、さらにはこのジャンルにおいては重要な作品であるロベール・パンジェ『パッサカリア』、ギ・スカルペッタ『抒情組曲』などのようにまだ邦訳がなく、当然日本での知名度も低いままにとどまっているものまでが挙げられており、原書にアクセス可能な読者にとっても格好のブック・ガイドになっている。

第二部ではこの他にも、詩と音楽、演劇とオペラといった本質的な主題にも論が及び、とりわけ前者においては、両者が時に幸福な出会いを果たしたかと思えば埋めがたい溝をさらけ出すといった二律背反が浮き彫りにされる。詩と音楽を論じるときに決まって付きまとう「アナロジーの罠」には十分に慎重であらねばならない。ただし、本書で示されるように、詩(ひいては文学)と音楽は、互いが互いの限界を露呈した地点においてはじめて本当に出会うということなのかもしれない。となれば、両者の出会いとは、互いがおのれ自身の他者性に気づくことでもある。まるで人間同士の厄介な関係にも似て(これもアナロジーではあるが)、何とも魅力的なありようではないだろうか。

十八世紀の啓蒙主義、十九世紀のロマン主義の時代における文学と音楽の関係についてはフランスにおいてすでにいくつか類書があるものの（「クセジュ」含む）、序文でいみじくも指摘されるように、二十世紀ではあまりに両者の関係が多様になり、またさまざまなレベルでの混交や転用を見せ、数多くの意欲的な実験が試みられたこともあって、本書が刊行されるまではこの主題についてここまでコンパクトにまとめられたものはほぼ存在しなかった。冒頭でも述べたように、本書はフランスでの作品を中心にこの空隙を埋めようとしたものであるが、同時にその射程はフランスにとどまらず、ドイツ、オーストリア、イタリア、イギリス、スペイン、南米、アメリカ合衆国などにもところどころで目配りを利かせている。この点でも本書は独創的である。二十世紀の文学と音楽の実際のありように鑑みてこのような配慮は当然であり正当だとも言えるが、それも一定水準の力量がなければなしえないことでもある。

また、本書で列挙される作品や作家、詩人、作曲家の数は膨大なものであるが、これらは単なる羅列に陥ることなく、著者が設定する複数の視点に基づく一定の目配りのもと、適切に位置づけられ、またゆるやかに分類された上で言及されている。概説書という位置づけにはなるが、読者は本書を片手に、みずから数々の作品を渉猟し、新たな系譜を再構築するよう促されている（日本文学では三島由紀夫の『音楽』が唯一挙げられているが、それ以外にもここで挙げられたさまざまな傾向の実例が日本でも数多く見出せるだろう）。

二十一世紀も早くも五分の一が過ぎようとしているが、文学と音楽の関係の多様化や折衷の流れは加速しているように見える。いや、ことは文学と音楽の関係に限らない。建築、絵画、彫刻、写真、ダンス、映画、漫画、アニメが、とくに最近ではＡＩなどのテクノロジーが侵食する形で、解きほぐしがたい融合が進み、いささかの混乱さえきたしているように思われる。だが真の「融合」というのはありうるのだろうか。ジャンルの壁というのはそれでも案外しぶとく残るのではないか。二十一世紀の最後にその百年を振り返ったとき、私たちは果たしてどのような通史が描けるだろうか。

著者のオード・ロカテッリは現在エクス＝マルセイユ大学教授。文学と音楽に関する比較研究を専門としている（音楽院でトロンボーンを学んだ経験も持つという）。本書のほか、主だったものとして以下のような著作があり、この専門分野で主催したシンポジウムの記録も複数出版するなど、精力的に活動している。

Jazz belles-lettres, Approche comparatiste des rapports du jazz et de la littérature, Classiques Garnier, 2012.

La lyre, la plume et le temps, Figures de musiciens dans le Bildungsroman, rééd. De Gruyter, 2010.

翻訳の方針について少しばかり述べておく。

本書で言及された文学作品や音楽作品のタイトルは、邦訳書ないし定訳があるものは原則としてそれに従っている。人名に関しては、原則として初出時のみファーストネームを記し、そのほかは一切省くことにした（同姓の場合はこの限りではない）。また、引用された文献の書誌情報のいくつかに関しては原書と照らし、明らかと思われる誤りは逐一指摘せず翻訳側で補っている。

翻訳する中で改めて認識したのは、日本の翻訳文化の豊かさである。引用される膨大な作品に関して、日本語訳のあるものは可能な限り初出時に書誌情報を補ったが、その点数の多さにはいささか驚いた。出版不況といわれて久しいが、海外の文学作品や研究書の翻訳・紹介という文化は、種々の垣根が取り払われていく昨今のような状況だからこそますます求められるであろうし、海外発祥の文学研究に携わる者の端くれとして、これからもそうした文化は絶やさないようにしたいものである。邦訳書がある作品については初出時に訳注で書誌情報を補い、邦訳が複数あるものは、原則として最新のものを表記させていただいた。やや煩瑣にはなったものの、これは読者の便宜を考えてのことであると同時に、これまで日本の翻訳文化に携わってきた訳者や出版関係者たちに敬意を表してのことでもある。

私事にわたるが、訳者は勤務先の大学院での専攻（音楽文芸）に関わる文献を調べているうちに本書の存在を知り、二〇一五年度での授業（主に第一部）、また翌年度には非常勤講師として出講した上智大学大学院（フランス文学科）の授業（主に第二部）でも原書講読のテキストとして本書を用いた。大いに関心を持って周辺情報の調査や訳読に取り組んでくれた学生たちには特別に感謝したい。一人ひとりの名前を挙げることは控えるが、この翻訳はいわばこうした協働作業あってのものでもあると思う（もちろん、訳者にこの翻訳の全責任があることは言うまでもない）。

そして何よりも、この翻訳を世に出すきっかけを作ってくださった白水社編集部の小川弓枝さんに心からの感謝を捧げたい。歩みの鈍い訳者に最後まで忍耐強く伴走して多数の助言をくださった。また、原書にはない人名、文学作品名、音楽作品名の索引を手間暇かけて作成していただいたおかげで、読者の便宜はさらに大幅に向上したはずである。

大森晋輔

二〇一九年九月

人名・グループ名索引

アルファベット

ATEM　69
CEMAMu　64
NTM　71

ア行

アームストロング　113
アーン　85
アイネム　141
アイヒェンドルフ　125
アインシュタイン　23
青騎士　23, 25
アダムズ　145
アデルマン　29
アドルノ　47, 76, 145
アヌイ　133
アペルギス　59–61
アポリネール　28, 35, 37–38, 125–126, 138
アミ　61
アラゴン　37, 39, 42, 45, 70, 88, 92, 125–127
アラン　91
アリゴ　58
アリデイ　70
アルテンベルク　19, 125
アルトー　38, 123–124
アロンソン　87
アンテルヴァル　55
アンリ　50
イェリネク　94, 100, 106, 134
イズー　52, 122
イヨネスコ　133
ヴァーグナー　9, 20–22, 32, 80–83, 98, 101, 111
ヴァイル　43, 138
ヴァレーズ　27, 50, 58, 78
ヴァレリー　44, 84, 127, 139
ヴァロルブ　124
ヴィアン　48–49, 83–84, 126, 139
ヴィエネール　35
ウィス　115
ヴィテーズ　137
ヴィラール　44
ヴェーデキント　80, 134
ヴェーベルン　24, 39, 52–53, 61, 81, 125
ウェストマコット（アガサ・クリスティー）　91, 104
ヴェルクマン　51
ヴェルコール　91, 102, 147
ヴェルレーヌ　20, 123, 125–126
ヴォルタ　85
ヴォルテール　140
潜在的文学工房（ウリポ）　64
ウルフ　19
エーコ　11, 68, 148
エスカル　109, 122, 131–132
エリュアール　32, 37, 39, 42, 45, 125–126
エリントン　123–124
エルサン　123
エルジェ　97
オースター　98
オーリック　32, 35–36
オデール　80, 88, 94, 100, 106–107

オネゲル　35–36, 83, 139
オリエ　56
オルスン　58
オルフ　138

カ行

カーゲル　59, 78, 135, 142–144
カイザー　23, 134
カイザーリング　19, 90
ガイシン　53, 122
カスタネ　69, 71
カスティヨ　94, 100
カッラ　27
カニングハム　58
カフカ　41, 88, 91, 141
カプロー　58
カミュ　45, 48
ガリヤーリ　79
カルヴィーノ　139
カルペンティエール　39, 82, 92, 98
カンディンスキー　23–25
カンポス　52
キニャール　70, 93, 95–96, 101–102, 105, 113, 131
キャロル　144
ギュー　16–17
キュネオ　92, 96, 103
キュペール　87, 110
ギル　20, 120
グールド　102, 111
グスタフソン　98
クセナキス　63–64, 79
クノー　45, 48, 64, 89, 111–112, 126
クプリ　97
クラウサー　96, 99
グラス　68, 111, 138
グリーン　44, 84
グリクソン　24
グリス　28
クリスティー　91, 104
グリフィス　15, 25
クルチョーヌイフ　26
グルニエ　97
グレーズ，アルベール　28
グレーズ，ジャン=マリ　51, 118, 121
グレコ　48
クレパックス　97
クレメル　89
グローエン　104
クローデル　78–79, 83, 116–117, 138, 142
グロボカール　135
クンデラ　79, 82, 108
ケージ　27, 58–60, 62–63, 148
ケーリング　55, 135
ゲオルゲ　19, 125
ケクラン　146
ケフェレック　82
ケルアック　89, 92, 109, 123
ゲルドロード　139
コーヴァン　97
コーエン=レヴィナス　144
ゴーゴリ　138
コールマン　124
コクトー　29, 32, 34–36, 68, 70, 78, 85–86, 116, 124, 138–140, 142
ココシュカ　23–24
コスマ　48
コポー　44
ゴムリンガー　51

コルタサル　64, 92, 101, 109
コルトレーン　124
コレ　34
コレージュ・ド・パタフィジック　64
コレット　83–84, 90, 102, 140

サ行

サガン　92, 133
サティ　27, 32, 34, 36–37, 80, 85, 117, 140
サバティエ　18, 22, 39, 42
サリエリ　144
サルトル　48–49, 89, 140
サルナーヴ　93, 105
サロート　54–55, 67, 89, 105, 112, 135
サンゴール　116
サン=テグジュペリ　139
サンドラール　34, 36, 112, 116
サン=ピエール　140
シェイクスピア　79, 138
ジェイムズ　19, 140
シェーンベルク　16, 23–25, 39, 42, 46–47, 53, 72, 76–77, 80–81, 85, 108, 125
シェヌティエ　67
シェフェール　27, 43, 44, 50, 77, 123, 135
ジェルベール　97
シェロー　137
シスレー　16
ジッド　20, 29, 35, 45, 83–84, 90, 98, 108, 110, 139
シモン　29, 56
シャール　62, 85, 126–128
ジャコテ　116
ジャコノ　71
ジャコブ　28, 35, 37–39, 125, 139
ジャリ　49, 139
ジャンケレヴィッチ　125, 131
ジャンコ　31
シュアレス　17, 82
シュヴィッタース　32, 43, 51, 122
ジューヴ　83, 84, 116, 119
ジュヴェ　53
シューベルト　98
シューマン　81
シュクヴォレツキー　94, 96, 100
シュトックハウゼン　40, 58, 63–64
シュトラウス　24, 78, 85, 125, 138, 140–141
シュナイダー　95, 104
シュニッツラー　19, 90
ジュネ　89
シュネーベル　58–59, 135
ジュネット　84, 109
シュネデール　88, 95, 102
ジョイス　29, 41, 62, 80, 88, 90, 130, 148
ショーソン　22
ショスタコーヴィチ　41–42, 138
ジョッフォ　97
ショパン　53, 81–83, 122
ジョリヴェ　43
ジレ　108
ジロー　24
ジロドゥー　141
スーポー　36–38
スカルペッタ　95, 98, 103, 107
スクールフィールド　87
スタイン　29, 138
スタンダール　82

ストラヴィンスキー　16, 24, 28, 56, 77, 81, 138–139, 142
ストレーレル　137
ズュースキント　134
セヴラック　17
セガレン　85, 90, 104, 140
セゲルス　44–45
セゼール　124
セフェリス　52
セラーズ　137
セリーヌ　89, 112–113
セルヴィサン　108
セルバンテス　138
ソフォクレス　138, 142
ソメルセ=ワルド　137
ソレルス　112

タ行

タイユフェール　35–36
ダッラピッコラ　138–139
ダニエルー　142–143
ダニエル=ルシュール　43–44, 141
タルタン　68
タルデュー　45, 116, 133, 139
ダレル　98
ダンディ　81
ダンヌンツィオ　90, 101, 108, 138
チャイコフスキー　82
チューダー　58
ツァラ　31–32, 37, 124
ツェラン　99
ディアベリ　56
デイヴィス　124
ディウオ　95, 100, 102
ディディエ　131
ディドロ　61
デーブリーン　23, 29
デスノス　36, 38–39, 48, 61, 84, 125
デュアメル　44, 88, 91
デュカス　17, 79, 140
デュジャルダン　20
デュフィ　23
デュフレーヌ　53, 122
デュラス　55–57, 89, 92, 98, 112–113, 133, 135
デュレ　35, 117
デラコルタ　93, 97
デルメ　32
ドゥースブルフ　51
トゥホルスキー　117
トゥルニエ　93–94
ドゥロール　32
ドストエフスキー　109, 138
ドス・パソス　29, 110
トパン　96
ドビュッシー　16–18, 20–22, 80–81, 84–85, 87, 125–126, 138, 140–141
トマジ　147
トムソン　138
ドメーヌ・ミュジカル　60
トラークル　23, 125
ドラン　23
トルストイ　79, 138
ドルリュー　139
ドローネー　29
ドロゴーズ　135

ナ行

ナティエ　68
ニゾン　99
ノイガンドレス　51
ノエル　117

ノーノ　78

ハ行

パーカー　89, 101, 124
バージェス　92, 95, 98, 100
バース　92
バーベリアン　59
バール　18, 23, 134
ハイツィック　53, 122–123
ハイドン　82
ハイネセン　91
ハウスマン　32, 51
パウンド　52
バケス　107, 115
バスティード　93, 98
バタイユ　36
ハックスリ　89, 91, 98, 108
バッハ　56, 84, 111, 130
パッペンハイム　24
パニョル　36, 133
バフチン　104, 109
バラケ　61, 81
バラン　97
バリッコ　95, 105
パリッシュ　124
バリフ　79, 81
バル　32, 122
バルザック　84
バルト　84
バルトーク　82
バルボー　64
バン　52
パンジェ　55–56, 89, 92, 112, 135
ピアフ　70, 126
ピカソ　23, 28
ピサロ　16
ビジェ　128
ピストン　142
ピュイグ　144
ヒューストン　93
ビューヒナー　24, 80, 141
ビュトール　55–56, 65, 135, 139
ピランデルロ　79
ビロ　122
ヒンデミット　24
ファゲ　18
ファノ　47
ファリャ　78
プイグ　60
フィクス　129
フィッツジェラルド　36, 91, 102
フィンク　119
フーシェ　44
プーランク　35–39, 78, 81, 85, 125, 138, 140
ブーレーズ　40, 61–64, 77–79, 85, 126, 128–129, 148
フェルゼンシュタイン　137
フェルナンデス　84, 93, 102, 105, 139, 147
フェレ　126
フォーレ　125
ブクレシュリエフ　62, 80–81
ブゾーニ　50
フックス　107
プッスール　55, 65, 130, 139
ブッソッティ　143
ブラック　23, 28
ブラッサンス　126
プラテッラ　26–27, 43
ブラマンク　23
ブラン　124
フランク　81
ブランショ　44

プリジャン　53
ブリテン　140
ブリュッケ（橋）　23
ブリュネル　57, 87, 139
プルースト　19, 29, 41, 70, 85, 90, 103
フルクサス　59
フルシチョフ　41
ブルジャード　58
プルタレス　82, 91, 105
ブルトン　36–39, 52, 119
フルリ　17
プレ　140
プレヴェール　38, 48, 117, 126
ブレーヌ　122–123
フレーブニコフ　26
ブレヒト　43, 134, 138
フロイト　76
プロコフィエフ　41, 138
ブロッホ、エルネスト　138
ブロッホ、ヘルマン　61, 82
ベイカー　48, 91, 101
ベートーヴェン　56, 81–82, 98
ベケット　55, 89, 112–113, 130
ヘッセ　90, 105, 125
ペトロニウス　138
ペラン　72
ベリオ　129, 139
ベルク　24, 76, 78, 80, 97–98, 107, 125, 140
ペルス　117
ヘルトリング　96, 101
ベルナノス　44, 140
ベルベーロワ　82, 88, 94–95, 100, 102
ベルリオーズ　43, 80–83
ベルンハルト　94, 102, 105–106, 111, 134
ペレ　124
ペレック　65, 89, 135
ベレット　97
ベン　23
ヘンデル　82
ボーヴォワール　48–49
ポートゥロ　87, 147
ボードリエ　43–44
ボードレール　20, 126
ボッスール、ジャン=イヴ　69
ボッスール、ドミニク　69
ボヌフォワ　119, 126
ホフマンスタール　19, 22, 85, 138, 140
ボルヘス　80
ボロディン　82
ボン　139
ポンジュ　45, 124

マ行

マウレンシグ　96, 99–100
マス　129
マスネ　138
マデルナ　138
マヌリ　79–80
マラルメ　16, 20–21, 62, 78–79, 118, 120–121, 124–126, 128–129, 132
マリネッティ　26–27, 43
マリピエロ　138
マルシャル　20
マルタン、ジャン=ピエール　88, 112–114
マルタン、フランク　138
マルティヌー　39
マン、クラウス　98

マン、トーマス　19, 43, 46–47, 82, 85, 90–91, 98, 101–104, 107–108, 111, 140
マンデス　20
ミショー　61, 116, 124
ミスタンゲット　70
ミュライユ　97
ミヨー　28, 34–37, 78, 81, 85, 138, 141
ミロシュ　124
ミンガス　124
ムージル　19
ムンク　23
メーテルランク　16, 21, 138, 140–141
メシアン　43, 61, 77
メッツァンジェ　28
メノッティ　80
メファノ　126, 140
モアンドロ　136
モーツァルト　82, 102
モーリャック　44–45
モネ　16–17
モリスン　95, 109
モレアス　20
モワゼ　35
モンク　84
モンタルバン　94, 100
モンテローズ　124

ヤ行

ヤナーチェク　131
ヤンドル　116
ユゴー　120
ユルスナール　123
ユルゼンベック　31
ヨンケ　93–94, 103, 147

ラ行

ライヒ　68, 77–78, 111
ライリー　111
ラインハルト　124
ラヴェル　17, 78, 125, 140
ラウシェンバーグ　58
ラクロ　140
ラシーヌ　48
ラディゲ　36
ラベッリ　58, 137
ラベル=ロジュー　59
ラボー　66
ラモー　119
ラモー=シュヴァシュ　66
ランゲ　95, 98
ランス　92, 100, 102
ランソン　18
ランドフスキ　80
ランドン　54
ランボー　61, 126
リヴィエール　84
リカルドゥー　54
リゲティ　139, 144
リシャール　23
リスト　81–82
リチャーズ　58
リビス　94
リブモン=デセーニュ　33
リュウェ　115, 127
リューム　135
リルケ　19, 22, 61, 116
ルイス　20
ルウェール　118
ルヴェルディ、ピエール　28, 35, 52, 124
ルヴェルディ、ミシェル　141

ルーセル　17, 78
ルーベンス　107
ルーボー　64
ル・コルビュジエ　65
ルッソロ　27, 43, 50
ルトスワフスキ　61, 63, 126
ルベル　54, 59
ルメートル　18
ル・リヨネ　64
ルルー　90, 97
ルロン　145
レイボヴィッツ　39, 46, 61, 76
レヴィ=ストロース　130
レーモン　105
レオトー　45
レズニコフ　94, 100, 105
レニエ　20
レネ　57
レリス　38, 82
レンドヴァイ　140
老舎　93
ロウリー　35
六人組　32, 34–35, 117, 125, 138
ロッシ　124
ロッシーニ　82
ロッシュ、アンヌ　97
ロッシュ、モーリス　82, 93, 116
ロブ=グリエ　29, 54, 56–57
ロマン　29, 110
ロラン　42, 82, 86, 88, 90, 104, 106–108, 111, 146
ロリンズ　124
ロルカ　116, 126
ロワ　44, 93
ロワイエール　30
ロンズデール　144

ワ行

ワイルド　141

文学作品索引

アルファベット

『G』 51
『S／Z』 84

ア行

『アイーダ』 97
『愛の旋律』 91, 104
『愛を語る夜の宴』 94
『アヴィニョン五重奏』 98
『赤い小人』 93
『秋の歌と詩編』 117
『悪の華』 20
『悪魔のやり方』 95
『悪魔の涎』 92
『頭をラップへ』 97
『新しい詩と新しい音楽への序論』 53
『あなたのファウスト』 55
『アポジャトゥーラ』 116
『アマデウス・エクス・マーキナー』 97
『アメリカの贈りもの』 96, 101
『アリア』 116
『ありし日の音楽家たち』 86
『ある女友達への日記』 81
『或る戦後』 49
『アルネ・サクヌッセンム』 48
『アルバン・ベルク』 77
『アレクサンドリア四重奏』 98
『アレフ』 80
『アンナとオーケストラ』 97
『いかれたピアノ』 96
『生けるヴァレーズ』 82
『意志と偶然──ドリエージュとの対話』 77
『イレネの夢』 55
『インディア・ソング』 57
『ヴァーグナー評論』 20
『ヴァイオリニスト』 99–100
『ヴォツェック』 141
『ヴォツェックあるいは新たなオペラ』 83
『失われた足跡』 92
『失われた音楽家たち』 91
『失われた時を求めて』 87, 90, 103
『歌』 99
『うたかたの日々』 87
『歌姫の黒いプードル』 96
『海の上のピアニスト』 95, 105
『海の沈黙』 91, 102, 147
『恭しき娼婦』 140
『ヴュルテンベルクのサロン』 95
『裏切られた遺言』 79, 82
『ウルソナタ』 32
『運命論者ジャック』 60
『運命論者ジャックとその主人』 61
『エウテルペとハルポクラテス、あるいは文学の音楽に対する挑戦』 87
『エスプリ・ヌーヴォー』 37
『演劇における劇作法と諸芸術とのコラボレーション』 136
『艶なる宴』 125–126
『嘔吐』 87

『王のヴァイオリン』 95, 100, 102
『オーケストラ』 133
『オペラ』 116, 124
『オペラ・コンシエルジュの息子』 97
『オペラ座の怪人』 90, 97
『オペラ座の火事』 134
『オペラティック』 82
『オペラの上演――詩学と劇作法』 136
『オペラの舞台監督』 133
『オペラ・ブッファ』 93, 116
『オルフォイスへのソネット』 116
『音楽』 98, 134
『音楽オブジェ論』 78
『音楽家』 88, 94, 100, 105–106
『音楽家訪問――ベートーヴェンのヴァイオリンソナタ』 91
『音楽言語の技法』 77
『音楽と音楽家についての著作』 78
『音楽と詩』 82
『音楽と小説』 87
『音楽と筆舌に尽くせないもの』 131
『音楽と冬』 94
『音楽と文学』 115
『音楽についての覚え書き』 78
『音楽の詩学』 77
『音楽の憎しみ』 70, 113
『音楽のレッスン』 95
『音楽は殺意をなだめる』 97
『音楽よ前進せよ』 83
『雄鶏とアルルカン』 35
『音符と音』 79

カ行

『顔のないピアニスト』 97
『革命に奉仕するシュルレアリスム』 38
『カスタフィオーレ夫人の宝石』 97
『ガスで動く心臓』 32
『彼方の音楽』 93
『カフカ寓話集』 89
『カルス』 93
『カルト・ノワール』 124
『カルメル会修道女の対話』 140
『カルメン』 97
『川を渡って』 96, 103
『カンテ・ホンド』 126
『黄色い響き』 24
『奇跡の漁』 91, 105
『ギター』 94, 100
『キャントーズ』 52
『休暇日記』 81
『巨大なバガロジー』 99
『去年マリエンバードで』 57
『偶然の音楽』 98
『具体音楽を求めて』 78
『グッビオの門』 93, 105
『組み合わされたアルペッジョ』 87
『クララ・S』 134
『狂った旋律』 96
『グレン・グールド――孤独のアリア』 95, 102
『敬虔なシャンソン』 117
『ゲルトルート』 90, 105
『幻影都市のトポロジー』 56
『言語、音楽、詩』 115
『現実世界』 42
『現代音楽入門』 47

『現代音楽を考える』 77–78
『幸福だった私の一生』 81
『コーディの幻想』 89, 92
『コールセンター』 55, 135
『ゴールドベルク変奏曲』 93
『五大賛歌』 117
『ことば』 117
『言葉なき恋歌』 125
『子どもと魔法』 140
『注釈書（コマンテール）』 84
『語論』 120
『コンサート』 134
『コンサートで』 84
『コントラバス』 134

サ行

『サウンドトラック』 88
『作者を探す六人の音楽家』 79
『さすらい人幻想曲』 93, 98
『サティとコクトー――理解の誤解』 85
『参照点』 62, 77
『三声による頌歌』 117
『三枚つづきの絵』 29
『サン・マルコ寺院の記述』 56
『シェーンベルクとその楽派』 76
『時間割』 56
『死刑執行』 88, 92
『舌の先まで出かかった名前』 132
『自分だけのために書かれたもの』 80
『ジャズ』 36, 95, 133
『ジャズ・エイジの物語』 36, 91, 102
『ジャズの王様』 97
『ジャズ批評』 48, 84
『ジャズ・プレーヤー仲間』 96
『ジャン・クリストフ』 86, 88, 90, 104, 106, 110, 146
『習慣の力』 134
『十二音音楽序論』 76
『シューマン――黄昏のアリア』 88, 95
『シューマンの影』 96, 101
『シュルレアリスム革命』 38
『シュルレアリスムと絵画』 38
『将軍は貸家を探す』 32
『小説チャイコフスキー』 98
『小説の精神』 82
『抒情組曲』 95, 98, 103, 107
『ショパンについての覚え書き』 83
『ショパンを解く！ 現代作曲家の熱きまなざし』 81
『ジル・ブラース』 84
『新音楽の哲学』 76, 145
『新フランス評論』 84
『世界のすべての朝は』 95, 103, 105
『世界の文学』 89
『セザール・フランク』 81
『セシルの結婚』 88, 91
『潜在的文学図録』 64
『戦争と平和』 41
『騒音芸術』 27
『葬送曲』 98
『ソナタと三人の紳士』 133
『存在の耐えられない軽さ』 108

タ行

『タークシュティメン』 135
『ダブリナーズ』 89–90
『調子外れの腹話術師』 32

『ディアベリのワルツによるルートヴィヒ・ファン・ベートーヴェンの三十三の変奏曲との対話』 56
『ディーバ』 93, 97
『ティレジアスの乳房』 37
『田園交響曲』 90, 98
『ドイツ文学における音楽家像』 87
『賽子一擲』 79
『時おりヴァイオリンが……』 133
『ドビュッシー』 81
『トリスタン』 90, 98, 101
『ドン・ジュアンのための詩』 65

ナ行

『ナポレオン交響曲』 92, 98
『贋金つくり』 108
『ニッキー』 90
『人間の声』 140
『ヌーヴォー・ロマンのために』 54
『ヌーヴォー・ロマンの問題』 54
『ヌーヴォー・ロマンの理論のために』 54
『眠りの兄弟』 95, 104
『眠りの戦争』 93

ハ行

『ハーレムの男』 97
『馬鹿でかいオペラ』 32
『禿の女歌手』 133
『パスキエ家の記録』 89
『パッサカリア』 55, 89, 92
『破滅者――グレン・グールドを見つめて』 94, 102, 105, 111
『「バラの名前」覚書』 68
『パランプセスト』 84
『バルネとブルー・ノート』 97
『バロック協奏曲』 92, 98
『反行カノン』 99
『伴奏者』 94, 100
『ピアニスト』（イェリネク） 94, 100, 106
『ピアニスト』（モンタルバン） 94, 100
『ピアニストたち』 95, 100
『響きの世界の中で』 90
『秘密の武器』 92
『百兆の詩編』 64
『平調曲』 35, 116
『病的旋律』 93, 116
『ヒロシマ・モナムール』 57
『廣野の道』 90
『貧者のピアノ』 92
『ファウスト博士』 46–47, 88, 91, 102–104, 107–108, 110
『『ファウスト博士』日記』 47
『フィエスタ』 48
『ブーレーズ音楽論――徒弟の覚書』 77
『不信の時代』 54
『不信を超えて』 67
『二つの世紀に関する音楽コラム』 79
『二つの伝説』 94
『二つ目のラ・ミュジカ』 57
『ブラームスはお好き』 92
『プラウダ』 42
『ブランシュあるいは忘却』 70
『フランドルへの道』 29
『フレージング礼賛』 115
『フローティング・オペラ』 92

『文体練習』 111
『ベートーヴェン――偉大な創造の時期』 82
『北京の人びと』 93
『ベルリン日記』 81
『ペレアスとメリザンド』 21, 141
『ポエジア』 26
『ぼくはくたばりたくない』 49
『炎』 90, 101, 108
『ボリス・ヴィアンのジャズ入門』 84
『ポルポリーノ』 93, 102, 105, 147
『ポン・デ・ザール横断』 93

マ行

『魔笛』 97
『M・プルーストの十四の文のための五重奏曲』 60
『マレル』 64
『マントヴァの弦楽器職人』 92, 100, 102
『見出された時』 70
『ミシェル・レイの冒険』 97
『ミュージック・ホールの内幕』 83, 90, 102
『未来主義音楽家宣言』 26
『未来主義画家宣言』 26
『無伴奏シャコンヌ』 89
『夢遊の人々』 82
『名演奏家の学校』 94, 147
『迷路の中で』 29
『メカノ』 51
『メキシコ・シティ・ブルース』 123
『メルキュール・ド・フランス』 119
『モーツァルトのドン・ジュアン』 83
『モーツァルト復活』 88, 95, 102
『モデラート・カンタービレ』 55, 57, 87, 92, 98
『モンテヴェルディ』 82

ヤ行

『夜間飛行』 139
『やさしい釦』 29
『ヤングマン・ウィズ・ア・ホーン――あるジャズエイジの伝説』 48, 91, 101
『幽霊』 97
『雪の騎士』 48
『ユリイカ』 89
『ユリシーズ』 80, 130

ラ行

『ラグ・タイム』 38
『ラ・ミュジカ』 57, 133
『リサイタル』 98
『文学』 31
『リヒャルト・ヴァーグナーの苦悩と偉大』 83
『ル・フィガロ』 20, 26
『レクイエム』 116
『恋愛対位法』 89, 91, 98, 108

ワ行

『忘れられた音楽――『嘔吐』、『うたかたの日々』、『失われた時を求めて』、『モデラート・カンタービレ』』 87, 147
『和声学』 53, 76–77
『私の人生の年代記』 81
『笑いと忘却の書』 108

音楽作品索引

数字

《0分00秒》 60
《4分33秒》 60, 63, 148

ア行

《あなたのファウスト》 65, 139
《アテム》 59
《アリアーヌと青ひげ》 140
《主なき槌》 62
《アンティゴーヌ》（オネゲル） 139
《アンティゴーネ》（オルフ） 138
《アンフィオン》 139
《アンリ・ミショーの三つの詩》 61, 126
《犬のためのぶよぶよとした前奏曲》 34
《ヴァリエーションズⅡ》 59
《ヴェニスに死す》 140
《ウェルギリウスの死》 61
《ヴォツェック》 24, 80
《ウリッセ》 138
《ウルソナタ》 51
《映像》 17
《英雄交響曲》 98
《エッフェル塔の花嫁花婿》 36
《エディプス王》 142
《エレクトラ》 24
《オルダン》 58
《オルフェ》 68, 138
《オンディーヌ》 141

カ行

《絵画論》 61
《火刑台上のジャンヌ・ダルク》 139
《管弦楽のための三つの映像》 17
《危険な関係》 140
《期待》 24–25, 39
《寓話》 126
《クリストフ・コロンブ》 139, 142
《グロッソラリー》 59
《群島》 62, 79
《ゴールドベルク変奏曲》 111
《婚礼の顔》 62

サ行

《殺人者、女たちの望み》 24
《サテュリコン》 138
《サド受難曲》 143
《サロメ》 141
《地獄の一季節》 61
《国立劇場（シュターツテアター）》 142
《ジュリエッタあるいは夢への鍵》 39
《ジュリオ・チェーザレ》 138
《抒情組曲》 107
《抒情的散文》 126
《城》 141
《真実の物語》 139
《審判》 141
《シンフォニア》 130
《聖セバスティアンの殉教》 138
《世界の創造》 36
《セクエンツァⅢ》 130

《セミラミス》 139
《戦争と平和》 138

タ行
《月に憑かれたピエロ》 24–25
《ティレジアスの乳房》 138
《テーマ》 130
《テンペスト》 138
《動物詩集》 35
《賭博師》 138
《トリスタンとイゾルデ》 98
《度を失った芸術》 65
《ドン・キホーテ》 138

ナ行
《梨の形をした三つの小品》 34
《逃げ出したくなるような歌》 34
《ねじの回転》 140
《眠りの空間》 61

ハ行
《鼻》 138
《パラード》 27, 32
《春の祭典》 24
《ピアノ曲XI》 63–64
《ピアノソナタ第三番》 62–64
《飛行士ドゥロ》 27
《美女と野獣》 68, 138
《一人の男のための交響曲》 50
《火の鳥》 24
《プリ・スロン・プリ》 78
《ペトルーシュカ》 24
《ペルセフォーヌ》 139
《ペルセフォーヌ誘拐》 139
《ペレアスとメリザンド》 16
《ポエム・エレクトロニク》 58
《ポールとヴィルジニー》 140
《牧神の午後への前奏曲》 16
《本日休演》 36

マ行
《マウルヴェルケ》 59
《マクベス》 138
《試合(マッチ)》 143
《マドリガル》 126
《ミクロメガス》 140
《水の太陽》 62
《耳をすます王》 139
《ムツェンスクのマクベス夫人》 41
《モーゼとアロン》 80
《モデル》 58
《燃ゆる茂み》 146

ヤ行
《雪の騎士》 139
《四つの最後の歌》 125
《四つのリズムのエチュード》 61, 77

ラ行
《ル・グラン・マカーブル》 139
《ルル》 80
《レシタシオン》 59
《練習曲集》 87

ワ行
《私たちすべての母》 138

原注

はじめに

(1) M. Fano (réal.), *Musique et modernité, Introduction à la musique contemporaine* (1re partie), INA, 1980.

(2) P. Griffiths, *Brève histoire de la musique moderne de Debussy à Boulez*, Fayard, 1992, p. 165.〔原著は以下の通り. P. Griffiths, *A concise history of modern music from Debussy to Boulez*, Thames and Hudson, 1978. ポール・グリフィス『現代音楽小史——ドビュッシーからブーレーズまで』石田一志訳, 音楽之友社, 1984年〕

(3) B. Didier, *La musique des Lumières*, PUF, 1985 ; B. Cannone, *Musique et littérature au XVIIIe siècle*, PUF, 1998.

(4) L. Guichard, *La musique et les lettres au temps du Romantisme*, PUF, 1955 ; F. Claudon, *La musique des Romantiques*, PUF, 1992.

(5) L. Guichard, *La musique et les lettres au temps du wagnérisme*, PUF, 1963.

(6) D. et J.-Y. Bosseur, *Révolutions musicales*, Minerve, 1986 ; P. Griffiths, *Brève histoire de la musique moderne...*, *op. cit.* ; M.-C. Mussat, *Trajectoires de la musique au XXe siècle*, Klincksieck, 1995.

(7) J.-P. Baricelli, *Melopoiesis*, New York, University Press, 1988 ; J.-L. Backès, *Musique et littérature. Essai de poétique comparée*, PUF, 1994.

(8) J.-L. Cupers, *Euterpe et Harpocrate ou le défi littéraire de la musique*, Bruxelles. Presses Universitaires de Saint-Louis, 1988 ; F. Escal, *Contrepoints*, Méridiens-Klincksieck, 1990 ; P. Brunel, *Les arpèges composés*, Klincksieck, 1997.

第一部

(1) P. Griffiths, *Brève histoire de la musique moderne...*, *op. cit.*, p. 22.

第一章　二十世紀初頭(1900-1918年)

(1) M.-C. Beltrando-Patier (dir.), *Histoire de la musique*, Larousse, 1998, p. 922.

(2) Cf. M. Fleury, *L'impressionnisme et la musique*, Fayard, 1996, p. 25.

(3) Cf. F. Sabatier, *Miroirs de la musique, XIXe–XXe siècles*, Fayard, 1995, t. II, p. 335.
(4) M. Fleury, *L'impressionnisme et la musique*, *op. cit.*, p. 119.
(5) M.-C. Beltrando-Patier (dir.), *Histoire de la musique*, *op. cit.*, p. 905.
(6) F. Sabatier, *Miroirs de la musique*, *op. cit.*, p. 329.
(7) B. Marchal, « Mallarmé : La musique et les Lettres », communication au Colloque *Musique et poésie* organisé par Y. Bonnefoy, Fondation Hugot du Collège de France, 1991.
(8) C. Debussy, *Monsieur Croche et autres écrits*, Gallimard, 1971, p. 61.〔フランソワ・ルジュール編『音楽のために――ドビュッシー評論集』杉本秀太郎訳，白水社，1977 年〕
(9) F. Sabatier, *Miroirs de la musique*, *op. cit.*, p. 338.
(10) Cf. L. Richard, « Expressionnisme », in *Dictionnaire des genres et notions littéraires, Encyclopœdia Universalis* et A. Michel, 1997, p. 279.
(11) *Ibid.*, p. 282.
(12) Cf. A. Poirier, *L'expressionnisme et la musique*, Fayard, 1995.
(13) J.-M. Gliksohn, *L'expressionnisme littéraire*, PUF, 1990, p. 139.
(14) P. Griffiths, *Brève histoire de la musique...*, *op. cit.*, p. 24.
(15) *Ibid.*, p. 26.
(16) J.-M. Gliksohn, *L'expressionnisme littéraire*, *op. cit.*, p. 140.
(17) G. Lista, *Futurisme. Manifestes-Proclamations-Documents*, L'Âge d'homme, 1973, p. 87.
(18) J. Védrines, « Futurisme », *in* E. de Waresquiel (dir.), *Le siècle rebelle. Dictionnaire de la contestation au XXe siècle*, Larousse, 1999, p. 229.
(19) P. Hadermann, « Cubisme », in *Les avant-gardes littéraires au XXe siècle*, Budapest, Akadémiai Kiadó, 1984, vol. II, p. 945.
(20) *Ibid.*, p. 947.
(21) *Ibid.*, p. 945.
(22) A. et C. Virmaux, « Musicisme », in *Dictionnaire mondial des mouvements littéraires et artistiques contemporains*, Éd. du Rocher, 1992, p. 216.
(23) Cf. Ph. Roberts-Jones, « Thématiques dadaïste et surréaliste », in *Les avant-gardes littéraires au XXe siècle*, *op. cit.*, p. 1006.
(24) A. Mingelgrün, « Rencontres et contacts », in *Les avant-gardes littéraires*, *op. cit.*, p. 981.

(25) *Ibid.*
(26) Cf. J.-M. Gleize, « Dada », in *Le siècle rebelle*, *op. cit.*, p. 164.
(27) Cf. *Les avant-gardes littéraires*, *op. cit.*, p. 981.

第二章　大戦間期

(1) Cf. J.-M. Drot (réal.), *Le Groupe des six*, INA, 1990.
(2) F. Sabatier, *Miroirs de la musique*, *op. cit.*, p. 572.
(3) Cf. Ph. Fréchet, « Jazz et littérature », in *Les Cahiers du jazz*, 4–1994, p. 3–33.
(4) Cf. F. Sabatier, *Miroirs de la musique*, *op. cit.*, p. 531.
(5) Cf. P. Dubrunquez, « Surréalisme », in *Dictionnaire des genres et notions littéraires*, *op. cit.*, p. 774.
(6) J.-M. Drot (réal.), *Petite chronique du Montparnasse 1914–1918*, INA, 1987.
(7) F. Sabatier, *Miroirs de la musique*, *op. cit.*, p. 594.
(8) Cf. A. Mingelgrün, « Rencontres et contacts », in *Les avant-gardes littéraires*, *op. cit.*, p. 985.
(9) *A. Breton*, L'Herne, 1998, p. 52.
(10) F. Sabatier, *Miroirs de la musique*, *op. cit.*, p. 602.
(11) *Ibid.*, p. 595.
(12) *Ibid.*, p. 517.
(13) *Ibid.*, p. 518.
(14) *Ibid.*, p. 524.
(15) Cf. A. et C. Virmaux, « Jeune-France (Groupe de la) », in *Dictionnaire mondial des mouvements littéraires et artistiques contemporains*, *op. cit.*, p. 180–181.
(16) Cf. M. Floriot, « Littérature radiophonique », *in* H. Mitterand (dir.), *Dictionnaire des œuvres du XXe siècle*, Le Robert, 1995, p. 414.

第三章　1945年以後の文学と音楽

(1) Cf. A. Schoenberg, *Le style et l'idée*, Buchet-Chastel, 1971, p. 36.〔原著は以下のとおり．A. Schoenberg, *Style and idea*, Williams and Norgate, 1951. A・シェーンベルク『シェーンベルク音楽論選　様式と思想』，上田昭訳，ちくま学芸文庫，2019年〕
(2) Thomas Mann, *Le journal du Docteur Faustus*, trad. L. Servicen, Plon, 1962, p. 33.〔トオマス・マン『ファウスト博士誕生』佐藤晃一訳（現代ドイツ文學叢書），新潮社，1954年〕

(3) Cf. F. Vermillat et J. Charpentreau, *La chanson française*, PUF, 1971, p. 89.

(4) V. Anglard, *B. Vian*, Nathan, 1992, p. 25.

(5) *Les Cahiers du jazz*, n° 1, 1959, p. 101.

(6) D. et J.-Y. Bosseur, *Révolutions musicales*, *op. cit.*, p. 32.

(7) M. Huillard (réal.), *Mémoires du XXe siècle : P. Schaeffer*, FR3, 1990.

(8) *Ibid.*

(9) « Poésie expérimentale », in *Le siècle rebelle*, *op. cit.*, p. 466.

(10) S. Bann, « Constructivisme », in *Les avant-gardes littéraire*, *op. cit.*, p. 1015.

(11) *Ibid.*, p. 1022.

(12) M. Collomb (textes réunis par), *Voix et création au XXe siècle*, Champion, 1997, p. 27.

(13) J.-Y. Bosseur, « Lettrisme », in *Vocabulaire de la musique contemporaine*, Minerve, 1996, p. 81.

(14) Cf. A. Wyss, *Éloge du phrasé*, PUF, 1999, p. 89.

(15) « La voix de l'écrit », *in* F. Janicot, *Poésie en action*, Loques/Nèpe, 3e trim. 1984, p. 93.

(16) R. Pinget, *Passacaille*, Minuit, 1969, p. 36.

(17) Cf. J.-Y. Tadié, *Le roman au XXe siècle*, Belfond, 1990, p. 157.

(18) P. Brunel, *La littérature française d'aujourd'hui*, Vuibert, 1997, p. 96.

(19) Cf. D. Durey, « Le théâtre musical français », *in* D. Pistone (textes réunis par), *Le théâtre lyrique français (1945–1985)*, Champion, 1987, p. 76.

(20) J.-Y. Bosseur, « Théâtre musical », in *Vocabulaire de la musique contemporaine*, *op. cit.*, p. 171.

(21) Cf. J.-P. Fargier, « Fluxus », in *Le siècle rebelle*, *op. cit.*, p. 216–217.

(22) « Propos d'un *performer* sur la performance, art poétique », *in* F. Janicot, *Poésie en action*, *op. cit.*, p. 73–74.

(23) Cf. « Le courant du *Cri*. La révolte anarchique », in *Les avant-gardes littéraires*, *op. cit.*, vol. I, p. 588–590.

(24) Cf. P. Griffiths, *Brève histoire de la musique moderne...*, *op. cit.*, p. 117.

(25) Cf. M.-C. Mussat, *Trajectoires de la musique au XXe siècle*, *op. cit.*, p. 88.

(26) Cf. M. Fano (réal.), « Nécessité et hasard », in *Introduction à la musique contemporaine* (5e partie).

(27) J.-Y. Bosseur, « Hasard », in *Vocabulaire de la musique contemporaine*, *op. cit.*, p. 62.

(28) Cf. Oulipo, *Atlas de littérature potentielle*, Gallimard, 1981, p. 55.

(29) Cf. D. et J.-Y. Bosseur, *Révolutions musicales*, *op. cit.*, p. 142.

(30) J.-Y. Bosseur, « Journal d'un dialogue » (avec les *Strophes pour Don Juan* de M. Butor), in *Revue des sciences humaines*, n° 205, 1987-1, p. 176.

(31) Cf. B. Magné, « L'art effaré. Fragments d'un opéra inachevé de G. Perec suivis de quelques considérations sur les mots et les notes », in *Les Cahiers de l'IRCAM*, 6 : « Musique : texte », IRCAM - Centre G.-Pompidou, 4e trim. 1994, p. 153–183.

第四章　二十世紀最後の数十年間

(1) S. Rabau, « Le roman contemporain et la métafiction », *in* D. Souiller (dir.), *Littérature comparée*, PUF, 1997, p. 268. n. 1.

(2) B. Ramaut-Chevassus, *Musique et postmodernité*, PUF, 1998, p. 10.

(3) Cf. *ibid.*, p. 13.

(4) D. Tosi, *in* M.-C. Beltrando-Patier (dir.) *Histoire de la musique*, *op. cit.*, p. 1136.

(5) M. Chénier, *Au-delà du soupçon. La nouvelle fiction américaine de 1960 à nos jours*, Seuil, 1989.

(6) Cf. P. Brunel, « Le reflux ? », *Histoire de la littérature française, XIXe et XXe siècles*, Bordas, 1986, p. 729–730.

(7) U. Eco, *Apostille au nom de la Rose*, Grasset, 1985, p. 74.

(8) J.-J. Nattiez, *Le combat de Chronos et d'Orphée*, C. Bourgois, 1993.

(9) C. Tirting, « Répétitifs américains », in *Le siècle rebelle*, *op. cit.*, p. 524.

(10) *Ibid.*

(11) B. Ramaut-Chevassus, *Musique et postmodernité*, *op. cit.*, p. 120.

(12) *Ibid.*, p. 121.

(13) D. et J.-Y. Bosseur, *Révolutions musicales*, *op. cit.*, p. 263.

(14) P.-A. Castanet, « Pop music et perception » : dit et non-dit, *in* H. Dufourt et J.-M. Fauquet (dir.), *La musique depuis 1945. Matériau, esthétique et perception*, P. Mardaga, 1996, p. 25.

(15) P. Quignard, *La haine de la musique*, Calmann-Lévy, 1996, p. 217.

(16) J.-M. Jacono, « Le rap français : inventions musicales et enjeux sociaux d'une création populaire », in *La musique depuis 1945*, *op. cit.*, p. 56.
(17) *Ibid.*, p. 25.
(18) *Ibid.*, p. 50
(19) P.-A. Castanet, *in* M.-C. Beltrando-Patier (dir.), *Histoire de la musique*, *op. cit.*, p. 1115.
(20) J.-E. Perrin, « Hip-hop », *in Le siècle rebelle*, *op. cit.*, p. 271.

第二部

第一章　音楽についての著作

(1) E. Tarasti, *Sémiotique musicale*, PULIM, 1996 ; J.-J. Nattiez, *Fondements d'une sémiologie de la musique*, Union générale d'éditions, 1975.
(2) N. Ruwet, *Langage, musique, poésie*, Seuil, 1972 ; A. Boucourechliev, *Le langage musical*, Fayard, 1993.
(3) H. Fubini, *Les philosophes et la musique*, Champion, 1983.
(4) J. et A. Caïn *et al.*, *Psychanalyse et musique*, Les Belles Lettres, 1982.
(5) Cf. J. et A. Caïn, « Freud absolument pas musicien... », *op. cit.*, p. 104–107.
(6) P. Manoury, « Les parallèles de M. Kundera », *La note et le son*, L'Harmattan, 1998, p. 227–236.
(7) Alain Galliari, *Six musiciens en quête d'auteur*, Pro Musica, 1991, p. 23.
(8) E. Satie, O. Volta (réunis par), *Écrits*, Champ libre, 1977.〔『エリック・サティ文集』岩崎力訳, 白水社, 1996年〕
(9) Cf. M. Kundera, *L'Art du roman*, Gallimard, 1986, p. 97.〔ミラン・クンデラ『小説の技法』西永良成訳, 岩波文庫, 2016年〕
(10) P. Claudel, *Œuvres en prose*, Gallimard, « La Pléiade ». 1965, p. 367–384.
(11) P. Valéry, *Cahiers II*, Gallimard, « La Pléiade », 1974, p. 937.〔『ヴァレリー全集　カイエ編』八, 筑摩書房, 1982年〕
(12) Cf. F. Escal, « Écrivains, écrivants : la critique musicale de Jacques Rivière », *Contrepoints*, p. 93–101.
(13) R. Barthes, *L'obvie et l'obtus. Essais critiques III*, Seuil, 1982,

p. 243.〔ロラン・バルト『第三の意味――映像と演劇と音楽と』沢崎浩平訳, みすず書房, 1984年〕

(14) O. Volta, *Satie-Cocteau : les malentendus d'une entente*, Le Castor astral, 1993.

第二章　音響芸術の影響を受けた長編小説と中編小説

(1) A. Aronson, *Music and the Novel*, Totowa, Rowman & Littlefield, 1980.

(2) G. C. Schoolfield, *The Figure of the Musician in German Literature*, Chapel Hill, University of North Carolina Press, 1956.

(3) J.-L. Cupers, *Euterpe et Harpocrate ou le défi littéraire de la musique*, *op. cit.*

(4) P. Brunel, *Les arpèges composés*, *op. cit.*

(5) J.-L. Pautrot, *La musique oubliée*, Genève, Droz, 1994.

(6) Cf. A. Locatelli, *La lyre, la plume et le temps. Figures de musiciens dans le Bildungsroman*, Tübingen, Niemeyer, 1998.

(7) J.-P. Martin, *La bande sonore*, J. Corti, 1988.

(8) Cf. J. Tramzom, « Jazztime et BD », *in* J. Perrot (dir.), *Musique du texte et de l'image*, CNDP, 1997, p. 130.

(9) F. Escal. *Contrepoints*, *op. cit.*, p. 9.

(10) Cf. J.-L. Backès, *Musique et littérature*, *op. cit.*, p. 76.

(11) Cf. J.-Y. Lartichaux, « Entré vivant dans la légende et dans le roman », *La Quinzaine littéraire*, 1er–15 avril 1984.

(12) M. Youcenar, « Humanisme et hermétisme chez T. Mann », *Sous bénéfice d'inventaire*, Gallimard, 1978, p. 303.

(13) Cf. G. Matoré et I. Mecz, *Musique et structure romanesque dans « À la recherche du temps perdu »*, Klincksieck, 1973 : C.-H. Joubert, *Le fil d'or : étude sur la musique dans « À la recherche du temps perdu »*, J. Corti, 1984 : J.-J. Nattiez, *Proust musicien*, C. Bourgois, 1984.〔ジャン=ジャック・ナティエ『音楽家プルースト――『失われた時を求めて』に音楽を聴く』斉木眞一訳, 音楽之友社, 2001年〕

(14) M. Bachtine, « Le roman d'apprentissage dans l'histoire du réalisme », *Esthétique de la création verbale*, trad. A. Aucouturier, Gallimard, 1984, p. 227.

(15) Cf. M. Raimond, *La crise du roman, des lendemains du naturalisme aux années 20*, J. Corti, 1966.

(16) Cf. M. Zefarra, *Personne et personnage. Le romanesque des années 20 aux années 50*, Klincksieck, 1971.
(17) J.-L. Backès, *Musique et littérature*, *op. cit.*, p. 44.
(18) Cf. H. et M. Vermorel, *S. Freud et R. Rolland, Correspondance (1923–1936)*, PUF, 1993, p. 79.
(19) Cf. B. Duchatelet, *Les débuts de « Jean-Christophe ». Étude de genèse*, thèse, Paris VII, 1976, p. 145.
(20) Cf. J. Ott, « L'émotion musicale transposée dans l'œuvre romanesque de T. Mann », *Revue de littérature comparée*, n° 3, juillet-septembre 1987, p. 307.
(21) Cf. T. Mann, *Le Journal du Docteur Faustus*, *op. cit.*, p. 61.
(22) L. Gillet, « Sur Jean-Christophe », *Europe*, novembre-décembre 1965, p. 132–134.
(23) Cf. J.-L. Cupers, *Aldous Huxley et la musique. À la manière de J.-S. Bach*, Bruxelles, Presses Universitaires de Saint-Louis, 1985.
(24) F. Escal, *Contrepoints*, *op. cit.*, p. 340.
(25) *Problèmes de la poétique de Dostoïevski*, trad. G. Venet, L'Âge d'homme, 1970.〔ミハイル・バフチン『ドストエフスキーの詩学』望月哲男・鈴木淳一訳，ちくま学芸文庫，1995年〕
(26) *Euterpe et Harpocrate ou le défi littéraire de la musique*, *op. cit.*, p. 84.
(27) *Ibid.*, p. 78.
(28) *Ibid.*, p. 119.
(29) Cf. V. Jankélévitch, *La musique et l'ineffable*, Seuil, 1983, p. 34.〔ヴラジミール・ジャンケレヴィッチ『音楽と筆舌に尽くせないもの』仲澤紀雄訳，国文社，1995年〕
(30) Cf. J.-Y. Bosseur, « Musique répétitive », in *Vocabulaire de la musique contemporaine*, p. 143–145.
(31) Cf. J.-P. Martin, *La bande sonore*, *op. cit.*, p. 26.
(32) *Ibid.*, p. 162.
(33) *Ibid.*, p. 183.
(34) *Ibid.*, p. 206.
(35) *Ibid.*, p. 62.

第三章　詩と音楽の諸関係

(1) N. Ruwet, *Musique, langage, poésie*, *op. cit.*
(2) J.-L. Backès, *Musique et littérature. Essai de poétique comparée*,

op. cit., p. 27–56.

(3) A. Wyss, *L'éloge du phrasé*, PUF, 1999, p. 2.

(4) Cf. A. Frontier, « La voix », *La poésie*, Belin, 1992, p. 336.

(5) Cf. H. Chopin, *Poésie sonore internationale*, J.-M. Place, 1979.

(6) Cf. J.-J. Lebel (anthologie traduite et présentée par), *Poésie de la « beat generation »*, Denoël, 1965.

(7) J.-M. Gleize, *La poésie. Textes critiques, XVIe–XXe siècle*, Larousse, 1995, p. 523.

(8) Cf. S. Mallarmé, « Crise de vers », *in La poésie. Textes critiques, XVIe–XXe siècle, op. cit.*, p. 402–406.〔「詩の危機」松室三郎訳,『マラルメ全集』第二巻, 筑摩書房, 1989 年〕

(9) Cf. D. Ducros, « L'art des sonorités et de la rime, ou la poésie comme langue-mélodie », *Lecture et analyse du poème*, A. Colin, 1996, p. 65.

(10) *lbid.*, p. 64.

(11) D. Leuwers, *Introduction à la poésie moderne et contemporaine*, Dunod, 1990, p. 127.

(12) M. Finck, « Poésie et musique », *in* M.-C. Bancquart (dir.), *Poésie de langue française 1945–1960*, PUF, 1995, p. 180.

(13) Cf. *ibid.*, p. 182.

(14) Cf. A. Frontier, « Musique et parole », *La poésie, op. cit.*, p. 260–262.

(15) S. Mallarmé, « Crise de vers », in *La poésie. Textes critiques, XVIe–XXe siècle, op. cit.*, p. 404.

(16) R. Ghil, *Traité du Verbe*, in *La poésie..., op. cit.*, p. 427–428.

(17) S. Mallarmé, « Crise de vers » in *La poésie..., op. cit.*, p. 406.

(18) *Ibid.*, p. 524.

(19) F. Escal, *Contrepoints*, *op. cit.*, p. 339.

(20) B. Heidsieck, « Cet œil a tout retenu », *in* F. Janicot, *Poésie en action*, *op. cit.*, p. 53.

(21) M. Yourcenar (commentaires et traduction par), *Fleuve profond, sombre rivière. Les negro spirituals*, Gallimard, 1964.

(22) Cf. Ph. Fréchet, « Jazz et littérature », in *Les Cahiers du jazz, op. cit.*, p. 21–24.

(23) V. Jankélévitch, *La musique et l' ineffable*, *op. cit.*, p. 52.

(24) Cf. « Poésie et chanson », in *La chanson mondiale depuis 1945*, Larousse, 1996, p. 596.

(25) N. Ruwet, *Langage, musique, poésie*, *op. cit.*, p. 55.

(26) *Ibid.*

(27) M. Biget (textes rassemblés et présentés par), *Autour de la mélodie française*, Presses Universitaires de Rouen, n° 124, 1987, p. 9.

(28) A. Wyss, *Éloge du phrasé*, *op. cit.*, p. 209–210.

(29) N. Ruwet, *Musique, langage, poésie*, *op. cit.*, p. 53.

(30) Fl. Fix, « Des rencontres poétiques de P. Boulez : Char, Michaux, Claudel », P. Dethurens (textes réunis par), *Musique et littérature au XXe siècle*, Presses Universitaires de Strasbourg, 1998, p. 21–22.

(31) P. Boulez, « Son et verbe », in *22e et 23e Cahiers de la compagnie M. Renaud - J.-L. Barrault : A. Artaud et le théâtre de notre temps*, Julliard, mai 1958, p. 123.

(32) J. Mas, « La destinée de la voix dans la musique du XXe siècle », *in* M. Collomb (textes réunis par), *Voix et création au XXe siècle*, *op. cit.*, p. 40.

(33) F. Escal, *Contrepoints*, *op. cit.*, p. 8.

(34) J.-L. Backès, *Musique et littérature*, *op. cit.*, p. 17.

(35) B. Didier, *La musique des Lumières*, *op. cit.*, p. 328.

(36) F. Escal, *Espaces sociaux, espaces musicaux*, Payot, 1979, p. 10.

(37) *Ibid.*, p. 23.

(38) F. Escal, *Contrepoints*, *op. cit.*, p. 35.

(39) Cf. V. Jankélévitch, *La musique et l'ineffable*, *op. cit.*, p. 93.

(40) P. Quignard, *Le Nom sur le bout de la langue*, POL, 1993, p. 8.〔『舌の先まで出かかった名前』高橋啓訳，青土社，1998年〕

(41) F. Escal, *Contrepoints*, *op. cit.*, p. 340.

第四章　演劇とオペラの領域

(1) Cf. P. Pavis, *L'analyse des spectacles*, Nathan, 1996, p. 133.

(2) Cf. D. et J.-Y. Bosseur, *Révolutions musicales*, *op. cit.*, p. 228.

(3) Ph. Berthier et K. Ringger (textes recueillis par), *Littérature et opéra*, PUG, 1987.

(4) *Le livret malgré lui*, Publimuses, 1992.

(5) I. Moindrot, *La représentation d'opéra. Poétique et dramaturgie*, PUF, 1993.

(6) I. Mauczarz (textes réunis et présentés par), *Dramaturgie et collaboration des arts au théâtre*, L. S. Olschki, 1993.

(7) *Ibid.*, p. x.

(8) Cf. P. Saby, *Vocabulaire de l'opéra*, Minerve, 1999, p. 128.

(9) R. Somerset-Ward, *Histoire de l'opéra*, Éd. de La Martinière, 1998, p. 242.

(10) P. Brunel, « Littérature et opéra », in *Actes du XVIe Congrès de la SFLGC*, Montpellier, Presses Universitaires Paul-Valéry, 1984, p. 30.

(11) Cf. O.-H. Bonnerot, « Lorsque Debussy et Segalen avaient partie liée : le drame d'*Orphée-Roi* ». *in* P. Dethurens (textes réunis par), *Musique et littérature au XXe siècle*, *op. cit.*, p. 7–13.

(12) D. Pistone, « À propos de l'évolution du théâtre lyrique français contemporain », *in* D. Pistone (textes réunis par), *Le théâtre lyrique français 1945–1985*, *op. cit.*, p. 35.

(13) D. Cohen-Lévinas, « L'impératif prétextuel : les métamorphoses du sophiste », in *Le livret malgré lui*, *op. cit.*, p. 121.

(14) Cf. M. Rostain, « Le lyrique hors des murs », *Autrement*, « Opéra », n° 71, juin 1985, p. 143–149.

結論

(1) L. Pinto, « Avant-gardes », in *Le siècle rebelle*, *op. cit.*, p. 61.

(2) S. Lelong, *La nouvelle musique*, Balland, 1996.

(3) G. Scarpetta, *L'artifice*, Grasset, 1988, p. 251.

(4) J.-L. Pautrot, *La musique oubliée*, *op. cit.*, p. 228.

(5) B. Ramaut-Chevassus, *Musique et postmodernité*, *op. cit.*, p. 21.

(6) G. Jonke, *L'école du virtuose*, trad. Uta Müller et D. Denjan, Verdier, 1992, p. 86.

参考文献

Backès J.-L., *Musique et littérature. Essai de poétique comparée*, PUF, 1994.

Barricelli J.-P., *Melopoiesis. Approaches to the Study of Literature and Music*, New York, University Press, 1988.

Bosseur D. et J.-Y., *Révolutions musicales. La musique contemporaine depuis 1945*, Minerve, 1986.

Brunel P., *Les arpèges composés. Musique et littérature*, Klincksieck, 1997.

Collomb M. (textes réunis par), *Voix et création au XXe siècle*, Champion, 1997.

Cupers J.-L., *Euterpe et Harpocrate ou le défi littéraire de la musique. Aspects méthodologiques de l'approche musico-littéraire*, Bruxelles, Presses Universitaires de Saint-Louis, 1988.

Dethurens P. (textes réunis par), *Musique et littérature au XXe siècle*, Presses Universitaires de Strasbourg, 1998.

Dufourt H. et Fauquet J.-M. (dir.), *La musique depuis 1945. Matériau, esthétique et perception*, Mardaga, 1996.

Escal F., *Contrepoints. Musique et littérature*, Méridiens-Klincksieck, 1990.

Griffiths P., *Brève histoire de la musique moderne de Debussy à Boulez*, Fayard, 1992.

Locatelli A., *La lyre, la plume et le temps. Figures de musiciens dans le Bildungsroman*, Tübingen, Niemeyer, 1998.

Martin J.-P., *La bande sonore*, Corti, 1998.

Moindrot I., *La représentation d'opéra. Poétique et dramaturgie*, PUF, 1993.

Mussat M.-C., *Trajectoires de la musique du XXe siècle*, Klincksieck, 1995.

Piette I., *Littérature et musique*, Presses Universitaires de Namur, 1987.

Pistone D. (textes réunis par), *Le Théâtre lyrique français (1945-1985)*, Champion, 1987.

Pautrot J.-L., *La musique oubliée*, Genève, Droz, 1994.

Ramaut-Chevassus B., *Musique et postmodernité*, PUF, 1998.

Ruwet N., *Langage, musique, poésie*, Seuil, 1972.

Sabatier F., *Miroirs de la musique. La musique et ses correspondances avec la littérature et les beaux-arts, XIXe-XXe siècles*, Fayard, 1995, t. II.

Scher S. P. (éd.), *Literatur und Musik. Ein Handbuch zur Theorie und Praxis eines komparatistischen Grenzgebietes*, Berlin, Erich Schmidt, 1984.

Wyss A., *Éloge du phrasé*, PUF, 1999.

訳者略歴
大森晋輔（おおもり　しんすけ）
東京大学大学院総合文化研究科博士課程言語情報科学専攻単位取得退学，博士（学術）取得（東京大学）．東京藝術大学音楽学部教授．専門は 20 世紀フランス文学・思想．
主な著訳書
『フランスの詩と歌の愉しみ』（東京藝術大学出版会）
『ピエール・クロソウスキー　伝達のドラマトゥルギー』（左右社）
ピエール・クロソウスキー『かくも不吉な欲望』（共訳，河出文庫）
ブノワ・ペータース『デリダ伝』（共訳，白水社）

文庫クセジュ　Q 1031
二十世紀の文学と音楽

2019年 9 月30日　印刷
2019年10月20日　発行
著　者　　オード・ロカテッリ
訳　者 ©　大森晋輔
発行者　　及川直志
印刷・製本　株式会社平河工業社
発行所　　株式会社白水社
東京都千代田区神田小川町 3 の 24
電話　営業部　03（3291）7811 / 編集部　03（3291）7821
振替　00190-5-33228
郵便番号　101-0052
www.hakusuisha.co.jp

乱丁・落丁本は，送料小社負担にてお取り替えいたします．
ISBN978-4-560-51031-5
Printed in Japan

▷本書のスキャン，デジタル化等の無断複製は著作権法上での例外を除き禁じられています．本書を代行業者等の第三者に依頼してスキャンやデジタル化することはたとえ個人や家庭内での利用であっても著作権法上認められていません．

文庫クセジュ

語学・文学

266 音声学
514 記号学
579 ラテンアメリカ文学史
598 英語の語彙
618 英語の語源
646 ラブレーとルネサンス
711 中世フランス文学
714 十六世紀フランス文学
716 フランス革命の文学
721 ロマン・ノワール
729 モンテーニュとエセー
753 文体の科学
774 インドの文学
776 超民族語
784 イディッシュ語
788 語源学
817 ゾラと自然主義
822 英語語源学
829 言語政策とは何か
838 ホメロス
840 語の選択
846 社会言語学
855 フランス文学の歴史
868 ギリシア文法
924 二十世紀フランス小説
934 比較文学入門
949 十七世紀フランス文学入門
955 ＳＦ文学
965 ミステリ文学
971 100語でわかるロマン主義
976 意味論
980 フランス自然主義文学
1008 音声の科学

文庫クセジュ

芸術・趣味

333 バロック芸術
336 フランス歌曲とドイツ歌曲
377 花の歴史
554 服飾の歴史—古代・中世篇—
589 イタリア音楽史
591 服飾の歴史—近世・近代篇—
662 愛書趣味
683 テニス
700 モーツァルトの宗教音楽
703 オーケストラ
728 書物の歴史
750 スポーツの歴史
771 建築の歴史
772 コメディ＝フランセーズ
785 バロックの精神
804 フランスのサッカー
808 おもちゃの歴史
820 フランス古典喜劇
821 美術史入門
849 博物館学への招待
850 中世イタリア絵画
852 二十世紀の建築
860 洞窟探検入門
867 フランスの美術館・博物館
886 イタリア・オペラ
908 チェスへの招待
916 ラグビー
920 印象派
923 演劇の歴史
929 弦楽四重奏
947 100語でわかるワイン
952 イタリア・ルネサンス絵画
953 香水
969 オートクチュール
972 イタリア美術
975 100語でわかるガストロノミ
984 オペレッタ
991 ツール・ド・フランス100話
998 100語でわかるクラシック音楽
1006 100語でたのしむオペラ
1017 100語でわかる色彩
1023 社会主義リアリズム
1026 アラブ音楽
1029 アール・ブリュット

文庫クセジュ

哲学・心理学・宗教

114 プロテスタントの歴史
193 哲学入門
199 秘密結社
252 神秘主義
326 プラトン
342 ギリシアの神託
355 インドの哲学
362 ヨーロッパ中世の哲学
368 原始キリスト教
417 デカルトと合理主義
461 新しい児童心理学
474 無神論
487 ソクラテス以前の哲学
500 マルクス以後のマルクス主義
510 ギリシアの政治思想
535 占星術
542 ヘーゲル哲学
546 異端審問
558 伝説の国
576 キリスト教思想
594 ヨーガ
680 ドイツ哲学史
708 死海写本
733 死後の世界
738 医の倫理
739 心霊主義
751 ことばの心理学
754 パスカルの哲学
764 認知神経心理学
773 エピステモロジー
778 フリーメーソン
780 超心理学
789 ロシア・ソヴィエト哲学史
793 フランス宗教史
802 ミシェル・フーコー
807 ドイツ古典哲学
835 セネカ
848 マニ教
862 ソフィスト列伝
866 透視術
874 コミュニケーションの美学
880 芸術療法入門
892 新約聖書入門
900 サルトル
905 キリスト教シンボル事典
909 カトリシスムとは何か
910 宗教社会学入門
914 子どものコミュニケーション障害
931 フェティシズム
941 コーラン
944 哲学
954 性倒錯
956 西洋哲学史
960 カンギレム
961 喪の悲しみ
968 プラトンの哲学
973 100の神話で身につく一般教養
977 100語でわかるセクシュアリティ
978 ラカン

文庫クセジュ

983 児童精神医学
987 ケアの倫理
989 十九世紀フランス哲学
990 レヴィ＝ストロース
992 ポール・リクール
996 セクトの宗教社会学
997 100語でわかるマルクス主義
999 宗教哲学
1000 イエス
1002 美学への手引き
1003 唯物論
1009 レジリエンス
1015 100語でわかる子ども
1018 聖なるもの
1019 ギリシア神話シンボル事典
1020 家族の秘密
1021 解釈学
1022 デカルト
1027 思想家たちの100の名言
1030 サン＝シモンとサン＝シモン主義

文庫クセジュ

歴史・地理・民族（俗）学

62 ルネサンス
79 ナポレオン
133 十字軍
160 ラテン・アメリカ史
191 ルイ十四世
338 ロシア革命
351 ヨーロッパ文明史
382 海賊
491 アステカ文明
530 森林の歴史
541 アメリカ合衆国の地理
597 ヒマラヤ
636 メジチ家の世紀
648 マヤ文明
664 新しい地理学
665 イスパノアメリカの征服
684 ガリカニスム
689 言語の地理学
713 古代エジプト
719 フランスの民族学
724 バルト三国
760 ヨーロッパの民族学
767 ローマの古代都市
769 中国の外交
790 ベルギー史
810 闘牛への招待
812 ポエニ戦争
813 ヴェルサイユの歴史
816 コルシカ島
819 戦時下のアルザス・ロレーヌ
831 クローヴィス
842 コモロ諸島
856 インディヘニスモ
857 アルジェリア近現代史
858 ガンジーの実像
859 アレクサンドロス大王
861 多文化主義とは何か
865 ヴァイマル共和国
872 アウグストゥスの世紀
876 悪魔の文化史
879 ジョージ王朝時代のイギリス
882 聖王ルイの世紀
883 皇帝ユスティニアヌス
885 古代ローマの日常生活
889 バビロン
890 チェチェン
896 カタルーニャの歴史と文化
898 フランス領ポリネシア
902 ローマの起源
903 石油の歴史
904 カザフスタン
906 フランスの温泉リゾート
913 フランス中世史年表
915 クレオパトラ
918 ジプシー
922 朝鮮史
925 フランス・レジスタンス史
928 ヘレニズム文明
935 カルタゴの歴史

文庫クセジュ

938 チベット
942 アクシオン・フランセーズ
943 大聖堂
945 ハドリアヌス帝
948 ディオクレティアヌスと四帝統治
951 ナポレオン三世
959 ガリレオ
962 100の地点でわかる地政学
964 100語でわかる中国
967 コンスタンティヌス
974 ローマ帝国
979 イタリアの統一
981 古代末期
982 ショアーの歴史
986 ローマ共和政
988 100語でわかる西欧中世
993 ペリクレスの世紀
995 第五共和制
1001 第一次世界大戦
1004 クレタ島
1005 古代ローマの女性たち
1007 文明の交差路としての地中海世界
1010 近東の地政学
1014 『百科全書』
1028 ヨーロッパとゲルマン部族国家

文庫クセジュ

社会科学

357 売春の社会学
396 性関係の歴史
483 社会学の方法
616 中国人の生活
654 女性の権利
693 国際人道法
717 第三世界
740 フェミニズムの世界史
744 社会学の言語
746 労働法
786 ジャーナリストの倫理
787 象徴系の政治学
824 トクヴィル
845 ヨーロッパの超特急
847 エスニシティの社会学
887 NGOと人道支援活動
888 世界遺産
893 インターポール
894 フーリガンの社会学
899 拡大ヨーロッパ
917 教育の歴史
919 世界最大デジタル映像アーカイブ　INA
926 テロリズム
936 フランスにおける脱宗教性《ライシテ》の歴史
940 大学の歴史
946 医療制度改革
957 DNAと犯罪捜査
994 世界のなかのライシテ
1010 モラル・ハラスメント
1025 100語ではじめる社会学